친구가 죽었습니다

범 유 진 장 편 소 설

친 구 가

죽 었 습 니 다

푸른숲주니어

프롤로그

그 집은 해변의 소란스러움이 썰물처럼 멀어지는 골목 안쪽, 가장 끝 쪽에 자리 잡고 있었다. 기와지붕과 낮은 담장에는 능소화가 흐드러지게 피어 멀리서 보면 집 전체가 꽃으로 파묻힌 듯 보이기도 했다. 출입문 옆에는 빨간 우체통이 서 있었고, 우체통 위에는 '다닝 게스트 하우스'라고 쓰인 작은 현판이 모자의 장식처럼 달려 있었다.

다닝. 그 집에는 귀신을 부르는 영매가 살아.

마을 사람들이 수군거리던 말이 귓가에 어른거렸다. 마당 한가운데 놓인 평상에 앉아서 건너편에 마주 앉은 여자를 보고 있자니 그 말이 완전 거짓말은 아닌 듯 느껴졌다. 맞은편에 앉은 여자, 원하리. 다닝의 주인은 기묘한 분위기를 풍겼다. 한여름인데도 입고 있는 길고 검은 로브나 손목에서 짤랑거리는 이상한 글자가 쓰인 팔찌 때문만은 아니다. 그렇다고 해서 대청마루 벽 한가운데 붙어 있는, 영화 속 인도 예언자의 집에서나 볼 수 있을 듯한 커다란 자수 캐노피 때문만도 아니다.

"여름 방학이 끝날 때까지 두 사람 모두, 이곳에 머물면서 자수 작품 한 점씩을 완성해."

"왜 그래야 하는데요?"

"이곳으로 설아의 편지가 도착할 예정이기 때문이지."

원하리의 손가락이 맞은편을 가리켰다.

"너, 나보름."

손가락이 조금 옆으로 움직였다.

"그리고 너, 우이재."

손가락을 따라 두 명의 시선이 한 방향으로 움직였다.

"너희가 원하는 것이 그 안에 있을지도 모르지."

원하리는 로브 주머니 안에서 사진 한 장을 꺼내 보였다.

"자, 이게 설아가 이곳에 왔었다는 증거란다."

네모난 폴라로이드 사진 속에 설아가 있었다. 사진 속 설아는 다닝 대청마루에 앉아서 마당을 바라보고 있었다. 6월 28일. 사진 한 장으로 설아가 다닝에 왔던 것이 확실해졌다.

그렇다면 원하리의 제안을 받아들일 수밖에 없다.

원하는 것.

설아가 죽은 밤, 무슨 일이 있었는가.

그 진실을 알아내기 위해서라면 무엇이든 할 수 있다.

설아의 메일

　나에게 무슨 일이 생기면, 그래서 너의 마음이 힘들어지면 아래 장소로 가도록 해.
　강릉. 영혼을 수놓는 가게에 나의 마음을 남기고 왔어.

나보름의 이야기
_첫 번째

과연 편지는 도착할 것인가.

맞추어 놓은 알람이 울리기도 전에 눈이 뜨였다. 설아의 사건 이후 깊게 잠든 적이 없다. 차라리 악몽이라도 꾸면 좋을 텐데 꿈도 꾸지 않는다. 자리에서 일어나 문밖으로 나갔다. 다닝에서 지낸 지 하루가 지났을 뿐이라 창호지 바른 문이 그저 낯설다. 신발을 꿰어 신고 마당을 가로질러 출입문을 나섰다. 다닝의 담장 아래 서 있는 빨간 우체통이 이른 아침의 어스름함 속에서 유독 선명하게 보였다. 나는 우체통 옆, 담벼락에 등을 기대고 쪼그려 앉았다. 담장에 가득 핀 능소화 줄기가 내 얼굴 앞에 길게 늘어졌다.

능소화는 설아가 좋아하는 꽃이다.

설아, 넌 겨울에 어울리는 이름을 가지고 있으면서 여름 꽃 좋아하네. 내가 그렇게 말했을 때 설아는 능소화의 색처럼 선명하게 웃었다.

―겨울도 여름도 다 내가 가질 거야.

설아의 목소리가 들리는 것만 같았다.

'여긴 무슨 게스트 하우스 이름이 다닝이람.'

처음에 우체통 옆에 세워진 현판을 봤을 때는 다닝이 아니라 '다낭'이라고 쓰여 있는 줄 알았다. 다낭. 다낭은 베트남 한가운데 있는 도시이자 나는 한 번도 가 본 적 없는 엄마의 고향이다. 다닝을 '다낭'으로 잘못 읽지 않았다면, 그 이름에서 괜한 친밀함을 느끼지 않았다면 이곳에 들어가는 것을 조금은 망설였을까?

'다닝은 대체 무슨 뜻이람.'

내가 모르는, 강릉의 사투리 같은 걸까. 고개를 들어 현판을 노려봤다. 그렇다고 모르는 게 아는 것이 되지는 않는다. 다시 시선을 돌려 능소화를 봤다. 눈앞에서 하늘하늘 흔들리는 주홍빛 꽃을 손가락 끝으로 밀자, 꽃은 시계추처럼 가볍게 흔들리다 제자리에 멈췄다.

'하긴, 내가 모르는 게 그것만 있는 것도 아니고.'

일주일 전만 해도 나 혼자 강릉에 오게 될 줄은 몰랐다.

×××

일주일 전 금요일. 그 금요일은 최고의 날이 되어야 했다. 여름 방학식 날인 데다 설아와 여행을 갈 생각에 들떠 있었다. 중학교 마지막 여름 방학은 특별하니깐, 무언가 특별한 일을 해야 한다고 의기투합해 강릉 여행을 준비해 온 터였다.

16세 여름에 베프와 단둘이 떠나는 강릉 여행!

이렇게 설레는 단어 조합이 있을 수 있냐며 서로 휴대폰을 붙잡고 깔깔 웃었다. 둘이서만 여행을 가는 건 위험하다고 반대하는 부모님을 설득하기 위해 프레젠테이션까지 했다. 나와 설아가 같은 학교에 다녔다면, 방학식이 끝나자마자 떠났을 거다. 그게 더 영화 같으니깐.

아쉬웠지만, 그래도 방학식이 끝났다는 것만으로 기분이 좋았다. 집에 돌아와 여행 갈 때 입고 갈 옷을 다시 한번 입어 보았다. 엄마가 내 방문을 열 때는 편지지를 침대에 늘어놓고 여행 기념 교환 편지를 어떤 편지지에 쓸지 고민하고 있었다.

"보름아, 심호흡 한 번 하고 들어."

엄마가 불렀을 때 눈치챘어야 했다. 엄마가 유독 또박또박 힘주어 한국어를 구사하는 건 무언가 나쁜 일이 일어났을 때뿐이다. 삼 년 전에도 그랬다. 중학교는 경기도 용인에서 다녀야 해, 라고 느닷없이 이사 소식을 알릴 때도 엄마의 한국어 발음은 완벽했다.

"무슨 일인데 그래?"

들뜬 마음은 눈치 없이 그 신호를 잡아내지 못했다.

"……설아가 죽었대."

손에 들고 있던 편지지가 침대 위로 툭 떨어졌다. 그때부터 얼이 빠진 채 움직였다. 엄마의 재촉으로 검은 바지와 셔츠를 입고, 아빠가 운전하는 차를 타고 서울로 향하는 내내 꿈속에 있는 듯했다. 장례식장에 도착해 빈소에 놓인 설아의 사진을 봐도 실감이 나지 않았다. 그 모든 게 나를 놀리기 위해 연출된 무대인 것만 같았다.

"그날 저녁에 설아가 왜 나갔는지를 모르겠어. 대체 거기를 왜 간 걸까? 그 아파트, 우리 집에서 걸어서 삼십 분이나 걸려. 보안 철저한 곳이라서 외부인은 출입문도 잘 안 열어 준대. 설아가 어떻게 거기 들어간 건지 이해가 안 돼."

설아네 아줌마의 울음소리가 빈소 안에 메아리처럼 울려 퍼졌다. 갑자기 속이 메스꺼워져서 화장실로 뛰어갔다. 칸막이 안에 들어가 양변기에 마른침을 뱉는데 대화 소리가 들려왔다.

"어쩌지? 진짜 우리한테까지 불똥 튀는 거 아냐?"

"박윤이 한설아한테 연락했다는 거 진짜일까? 영상 촬영한 거, 박윤이 다 가지고 있잖아. 그거 유출되기라도 하면 큰일 나는 거 아냐?"

"한설아, 사고 맞지? 설마⋯⋯."

"아닐 거야. 한설아 아빠, 대학 교수잖아. 그런 애들 건드리는 거 봤어?"

나는 양변기 물을 내리려던 손을 멈추고 화장실 안에 번지는 말소리에 귀를 기울였다. 한설아, 라는 이름이 나온 순간부터 한 마디도 흘러들을 수 없었다.

"한설아 엄청 신경 썼잖아. 한설아 죽은 장소도⋯⋯."

"쉿, 조용히 해. 혹시라도 소문 돌면 골치 아파져."

대화가 끊기고, 화장실 칸막이 문 여는 소리가 들렸다. 나도 문을 열고 밖으로 나갔다. 대화의 당사자들을, 설아의 이름을 입에 올린 그들의 얼굴을 확인하고 싶었다. 그러나 내가 밖으로 나갔을 때는 이미 사라지고 없었다.

번쩍 정신이 들었다. 이건 연출된 무대가 아니다. 현실이다.

"보름아, 괜찮니?"

화장실에서 나오자 아빠와 엄마는 내 얼굴이 너무 창백하다며 집에 가자고 했다. 차를 타고 집으로 돌아오는데 방금까지 내가 본 장면들, 들었던 말들이 어지럽게 재생되었다.

집에 도착해 차에서 내렸다. 방에 들어가자 편지지가 침대 위에 어지럽게 흩어져 있었다. 한 장 한 장 모아들고 서랍을 열었다. 서랍의 맨 위쪽에 부적이 놓여 있었다. 이사가 결정되었을 때 설아가 내게 준 것이다.

삼 년 전, 초등학교 졸업식을 앞두고 아빠 직장 문제로 이사가 결정되었다. 당연히 친구들과 같은 중학교에 진학할 줄 알았던 내게는 마른하늘에 날벼락이었다. 원래 살던 동네에서 이사를 가는 곳까지는 버스로 한 시간 반이 넘게 걸렸다. 통학하겠다고 우길 수 있는 거리가 아니었다.

나는 고민에 휩싸였다. 물론 이사가 결정되기 전에도 고민을 하긴 했다. 중학생이 되는 건 엄청난 고민을 동반하는 일이다. 교복을 줄여야 할지 말아야 할지, 새로 산 가방이 유치하진 않은지, 친구들과 전부 반이 갈리면 어떻게 할지, 생활복 코디는 뭐가 어울릴지 등등 골치 아프지만 약간은 설레는 그런 고민들. 그러나 이사가 결정된 후 시작된 고민은 그런 소소한 고민을 모두 잡아먹어 버렸다. 그 고민에 설렘 따윈 없었다.

내가 혼혈인 걸 밝힐 것인가, 말 것인가.

나는 혼혈이다. 한국인 아빠와 베트남인 엄마 사이에서 태어났다. 이른바 국제결혼 커플이다. 체육 교사였던 아빠, 나성현은 베트남 국제 학교에 초빙 교원으로 근무를 시작했고 그곳에서 역시 교사였던 엄마, 타오를 만났다. 아빠 말로는 엄마를 보자마자 머릿속에서 종이 울렸단다. 결국 두 사람의 연애는 '결혼해서 행복하게 살았습니다.'라는 동화 속 이야기처럼 행복한 결말을 맞이했다.

그러나 현실은 동화가 아니다.

아빠의 베트남 교원 계약이 끝나고 함께 한국으로 돌아온 두 사람은, 그날부터 편견과 맞서 싸우는 전사가 되어야 했다. "결혼은 한국 사람끼리 해야지.", "베트남 사람치고는 얼굴이 까맣지가 않네?", "혼혈로 태어난 애들은 머리가 나쁘다던데."

걱정을 가장한 가벼운 돌에서 노골적인 빈정거림이 섞인 무거운 돌까지 수백 개의 돌이 두 사람을 향해 날아왔다. 두 사람은 "사랑은 위대한 거예요!"라고 외치는 만화 속 마법 전사처럼 그 편견들을 뚫고 걸어 나갔다. 결혼식을 했고, 아이를 낳았고, 아이에게만큼은 돌이 날아오지 않게 커다란 방패가 되었다.

그러나 언제까지고 두 사람이 나의 방패가 되어 줄 수는 없었다. 유치원은 내가 처음 접한 사회였다. 그동안 아빠와 엄마가 나에게까지 오지 않도록 필사적으로 막아서고 있던 편견이란 이름의 돌이 직구로 날아왔다. 내 편이 되어 준 설아가 없었다면 일찌감치 KO를 외쳤을지도 모른다. 몇십 번의 싸움을 반복한 덕분에 초등학교를 졸업할 즈음에는 나를 혼혈이란 이유로 놀리는 애들이 거의 사라졌다.

그런데 중학교를 아는 사람 한 명 없는 곳으로 가라고?

그건 내가 중학교에서도 쌈닭이 되어야 할 수도 있음을 뜻했다. 그렇다면 아예 혼혈인 걸 숨기면 어떨까 싶었다. 숨기려면 숨기지 못할 것도 없었다. 사람들이 흔히 하는 착각 중 하나는, 혼혈은 누가 봐도 혼혈처럼 생겼다고 하는 것이다. 그런 착각을 하는 사람들의 머릿속에는 '미국 혼혈', '베트남 혼혈', '일본 혼혈' 이름표를 단 사진이 한 장씩 들어 있는 게 분명하다. 모든 혼혈 아이들이 그 사진처럼 생긴 줄 아는 거다. 동일 부품으로 생산하는 로봇도 아니고 그럴 리가 없지 않은가. 외모로 혼혈을 알아내는 것보다, 마늘 냄새로 뱀파이어를 가려내는 쪽이 더 쉬울 거다. 그러니 내가 입을 딱 다물고 있으면, 엄마가 학교에 오지만 않으면, 길에서 엄마를 마주쳐도 모르는 사람인 척하면 그냥저냥 들키지 않고 지낼 수 있을 터였다.

하루에도 수십 번씩 마음이 왔다 갔다 했다. 내 편은 아무도 없는 곳에서 외로운 싸움을 할 것인가, 아니면 엄마를 투명 인간 취급할 것인가. 결국 설아에게 울면서 고민을 털어놓았다. 설아는 아무 말 없이 나를 꼭 안아 주었다. 설아는 내가 이미 마음을 정했다는 걸 알았던 거다. 내 일상에서 엄마를 지워 내느니 쌈닭이 되는 게 나았다.

이사 가던 날, 설아는 내게 부적과 함께 엽서를 건넸다.

보름아. 이거 내가 직접 수놓은 거야. 이걸 갖고 있으면 떨어져 있어도 우린 늘 함께인 거지. 내 친구 나보름은 분명 잘해 낼 거야.

엽서에는 설아의 웃는 얼굴이 그려져 있었다. 그 웃는 얼굴이, 장례식장에 놓여 있던 설아의 사진과 겹쳐졌다. 툭, 부적 위로 눈물이 떨어졌다.

설아가 죽었다.

늘 함께라고 했는데, 이젠 설아가 없다.

울음이 터져 나왔다. 나는 그제야 엉엉 소리 내어 울었다. 몸이 부들부들 떨려서 주저앉아 울고 또 울었다. 아빠와 엄마가 방으로 달려왔다.

"엄마, 설아가 왜? 왜? 대체 왜?"

엄마가 나를 끌어안았다. 엄마의 품 안에서 흐느껴 우는 내내, 그 한마디만이 머릿속을 채우고 흘러넘쳤다.

왜? 대체 왜? 설아야, 대체 왜?

최고의 날은 최악의 날이 되어 버렸다. 설아가 없는 앞으로의 매일도 최악일 것이다.

설아는 자살했다. 아니다. 자살한 걸로 추정된다고 했다. 그날 아침, 학교 근처 아파트 화단에 쓰러져 있는 설아를 경비원이 발견했다. 18층 아파트 복도 창문이 열려 있어서, 그곳에서 뛰어내렸을 확률이 높다고 했다. 설아는 신발을 신고 있었고, 유서 같은 것도 발견되지 않았다. 온몸의 수분이 다 빠져나간 듯 울고 나서, 엄마가 말해 준 나의 '왜'에 대한 대답이었다.

"자살이라니. 말도 안 돼."

그 대답은 나의 의문을 조금도 해소해 주지 않았다.

"설아네 부모님은 받아들이기로 하신 것 같아. 담임하고 친구들 말이 학교에서도 잘 지냈다고 하고, 특별한 사고가 있었던 것도 아니야. 설아잖아. 문제를 일으켰을 리가 없지."

"내 말이! 설아잖아. 엄마, 설아라고요. 설아가 자살을 할 것 같아요?"

나와 함께 강릉 여행을 가기로 했는데 자살이라고? 얼마 전에도 만나서 함께 놀았고, 통화를 했고, 메시지를 주고받았는데 자살이란다. 배 속에서 무언가 검은 게 부글부글 끓었다. 그건 슬픔과는 다른 감정이었다. 엄마가 방에서 나가자마자 침대에 누워 휴대폰을 부여잡고 설아와 주고받았던 메시지를 봤다.

'점심 먹었음?', '우리 학교가 방학이 더 빠르네.', '여행 너무 기대돼.', '저녁에 영통 가능?', '나 오늘 저녁은 좀 바쁨.' 그다지 특별할 것 없는, 평소와 비슷한 내용이 쭉 이어졌다. 힘들다거나 하는 말은 어디에도 없었다.

'왜? 왜 내게 아무 말도 하지 않은 거야, 설아야?'

아무리 물어봐도 대답해 줄 사람이 없었다.

그날부터 사흘 내내 앓았다. 열이 아주 많이 나서 몸이 땀으로 흠뻑 젖었다. 열이 내린 후에도 꼼짝 안 하고 누워만 있었다. 아무것도 먹고 싶지 않았고, 아무것도 하고 싶지 않았다. 나는 설아와의 채팅창에 몇 번이고 '왜?'라는 한 글자를 썼다 지우기만을 반복했다.

디링, 메일 도착 알림창이 떴다. 무심코 알림창을 눌렀다가,

누워 있던 몸을 벌떡 일으켜 앉았다.

발신인 Han ssu:a.

메일 주소도, 저장해 놓은 이름도 분명히 설아가 보낸 메일이었다.

'혹시 설아가 어딘가에 살아 있는 건 아닐까?'

심장이 마구 뛰었다. 나는 떨리는 손으로 메일을 클릭했다. 액정에 떠오른 글자를 보자마자, 자리를 박차고 방문 밖으로 뛰어나가 외쳤다.

강릉에 가겠다, 고.

××××

누군가의 발소리에 퍼뜩 정신이 들었다.

'편지? 정말로 편지가 온 걸까?'

눈을 들어 앞을 봤다. 커다란 갈색 가방을 멘 집배원이 내 앞에 서 있기를 바랐다. 그럼 집배원에게, 이 집에 배달할 편지를 한꺼번에 받을 수는 없는지 물어볼 것이다. 받을 수 있다고 하면 몽땅 받아서 바로 다닝을 떠날 작정이었다.

하지만 우체통 앞에 서 있는 건 집배원이 아니었다. 소프트아이스크림처럼 하얀 얼굴을 가진 남자애, 우이재였다.

"뭐야, 우이재. 너, 왜 나온 거야? 원하리가 말했잖아. 아침 먹고 나서 편지 올 거라고."

"……그러는 너는?"

말문이 막혔다. 우이재는 허리를 굽혀, 우체통 입구에 눈을 바짝 대고 안을 들여다보았다. 우이재도 나와 같은 목적을 가지고 일찍 나온 것이 분명했다. 우이재는 입구에 손을 넣어 보려다 실패하고, 손등만 벅벅 쓰다듬었다. 그러다 작전을 바꾸어 나처럼 집배원과의 직접 접선을 노리기로 한 것인지, 내 옆에 와 담장에 기대어 섰다.

'얘는 왜 하필 내 옆에 서는 건데.'

어색하다. 만난 지 하루밖에 안 된 남자애와 단둘이 편지를 기다리게 될 줄은 몰랐다.

"편지, 어떻게 배달된다는 걸까?"

결국 어색함을 이기지 못한 내가 먼저 입을 열었다.

"……우편물 지정해서 배달해 주는 제도가 있어. 보내는 쪽이 우체국에 접수한 날부터 최대 십 일까지 가능하대."

능소화 꽃이 여섯 번이나 왔다 갔다 흔들린 뒤에야 우이재의 대답이 돌아왔다.

"최대 십 일? 원하리가 그랬잖아. 매주 금요일, 총 네 번 편지가 올 거라고. 그럼 십 일이 넘어가 버려. 적어도 중간에 두 번은 누군가가 우체국에 가서 편지를 부쳐야 한다고."

"누군가?"

대화가 끊겼다. 나는 능소화 꽃 미는 것을 그만두었다. 우체국에 가서 내게 편지를 부칠 사람은 설아밖에 없었다. 나는 주머니 속의 부적을 만지작거렸다. 별이 반짝이는 물속에 물병을 들고 선 여자가 수놓여 있는 부적. 설아가 내게 마지막으로 준 선물이다. 강릉에 다녀와도 된다는 허락을 받자마자 가장 먼저 부적부터 챙겼다.

'설아야, 대체 무슨 일이 있었던 거야? 왜 내게 편지를 직접 보내지 않은 거야?'

물어보고 싶다. 하지만 물어볼 수 없다. 나는 힐끔 옆을 봤다.

'쟤도 설아에게 무언가 물어보고 싶어서 여기까지 온 걸까?'

우이재는 무슨 생각을 하는지 모를 표정으로 허공만 바라보고 있을 뿐이다. 역시나 어색하다. 아니, 좀 더 분명히 말하자면 나는 우이재가 싫다.

설아의 메일이 도착했던 엊그제 저녁.

처음에는 정말로 설아가 어딘가에 살아 있는 게 아닌가 싶었다. 죽은 사람이 어떻게 산 사람에게 메일을 보낼 수 있겠는가. 지금이라도 "사실은 장난이었어. 그냥 가볍게 다친 거라니깐." 하고 말하며 설아가 나타나는 것은 아닐까 기대했다. 하지만 곧, 예약 발송 메일이란 걸 깨달았다. 보낼 날짜와 시간을 미리 설정해 놓으면 서버에서 자동으로 메일을 발송하는 것이다. 메일에는 딱 세 줄이 적혀 있었다.

설아가 남겨 놓고 온 것.

나는 그게 무엇인지 확인해야만 했다. 평소라면 혼자 여행 가는 걸 쉽게 허락해 주지 않았을 아빠와 엄마였지만, 이번만큼은 상황이 달랐다. 내가 설아의 죽음을 받아들이지 못하면, 계속 앓아누울 수도 있다고 여겼던 모양이다. 결국 나는 다음 날 아침에 강릉행 열차를 탔다.

강릉에 도착해 메일에 적힌 주소로 향하는 내내 심장이 마구 뛰었다. 남기고 왔다는 건, 설아가 강릉에 갔었다는 뜻이 된다. 나와 함께 가기로 했던 강릉에, 혼자 가서 무엇을 남기고 온 것일까. 어쩌면 그게 설아의 죽음에 대해 무언가 알려 주지 않을까.

왜일까. 당연히 설아의 메일을 받은 건 나 한 명뿐일 거라 믿었다. 그래서 다닝 출입문 앞에서 우이재와 마주쳤을 때도, 우이재가 나와 같은 목적으로 왔을 거라곤 생각하지 못했다. 그렇기에 원하리가 무슨 일로 왔냐고 물었을 때, 나와 같은 대답을 하는 우이재를 보고 깜짝 놀랐다. 설아에게 내가 모르는 친구가 있었다니. 그것도 나와 똑같은 이메일을 받고 설아가 남긴 것을 찾으러 강릉까지 올 정도로 특별한 친구가!

설아에게 그 정도로 특별한 친구는 오직 나뿐인 줄 알았는데. 순간 배신감을 느꼈다. 그러곤 곧, 배신감을 느낀 나 자신이 너무나 싫어졌다. 설아가 그날 밤에 왜 그런 선택을 했는지도 모르는 주제에 배신감이라니. 세상을 떠난 친구를 애도하기는커녕 원망을 하다니. 자책하면서도 우이재를 볼 때마다 화가 났다.

"어, 저기."

우이재의 중얼거림이 나를 상념에서 이끌어 냈다. 나는 우이재의 고개가 향한 쪽으로 시선을 돌렸다. 골목 끝, 동이 터 오는 아침의 어스름한 빛에 휩싸여 검은 로브를 펄럭이며 걸어오는 원하리가 보였다. 폭 넓은 걸음걸이로 성큼성큼 다가오는 원하리의 모습을, 나는 홀린 듯 바라보았다.

"……공포 영화에 나올 것 같은 분위기네."

우이재의 중얼거림에 나도 모르게 동감, 이라고 답할 뻔했다.

"마중 나와 있군. 좋은 자세야."

원하리는 나와 우이재가 기대어 선 담장 앞에서 멈춰 섰다. 흡족한 듯 그렇게 말한 원하리는, 품 안에 손을 넣어 무언가를 꺼냈다. 편지였다.

"잠깐만요. 편지가 도착할 예정이라는 게 설마, 언니가 직접 준다는 말이었어요?"

기가 찼다. 한 달간 다닝에 머물라고 해서, 당연히 편지가 한 달에 거쳐 배달되어 오는 줄 알았다. 편지를 원하리가 가지고 있다면 한 달씩이나 기다릴 이유가 없다.

"내가 주지, 누가 주니?"

"그럼 한꺼번에 주면 되잖아요."

"싫어. 받을래, 말래?"

편지가 원하리의 손끝에서 흔들렸다. 나는 다급히 외쳤다.

"받아요, 받는다고요!"

"자, 이게 나보름, 네 거."

원하리는 내게 노란색 편지 봉투를 건넸다. 얼른 받았다. 이 봉투 안에 무엇이 있을까. 설아가 내게 무슨 이야기를 남겼을까. 심장이 미친 듯이 요동쳤다. 크게 심호흡을 하고 봉투 안에서 편지지를 꺼내 펼쳤다.

"……이게 뭐야? 숫자뿐이잖아."

편지지 한가운데에 숫자 하나만 덜렁 쓰여 있었다. 대체 이게 뭔가 싶어 편지지를 앞뒤로 뒤집었다가 편지 봉투 안을 다시 들여다보았다. 미처 보지 못한 사진 한 장이 들어 있었다. 폴라로이드 사진이었다.

"숫자? 잠깐만, 나보름. 나, 그거 좀 보여 줘."

사진을 살펴보려는데, 옆에서 불쑥 손이 뻗어 왔다. 우이재였다. 나는 얼른 편지지를 품에 끌어안았다. 우이재는 굉장히 초조해 보였다. 우이재의 손에 들린 편지 봉투로 눈길이 갔다. 한눈에 보기에도 봉투가 두툼했다.

'왜? 나한테는 고작 이런 숫자만 남겼으면서.'

또다시 못난 마음이 불쑥 치밀어 올랐다. 편지지를 붙잡은 손에 힘이 들어갔다. 나는 우이재를 향해 한 손을 내밀었다.

"네가 받은 거 먼저 보여 줘. 그럼 내 것도 보여 줄게."

"……이거 한설아가 쓴 거 아냐. 그래도 볼래?"

"거짓말 마. 설아가 보낸 편지를 설아가 안 쓰면 누가 써? 결정해. 교환할래, 말래?"

우이재는 한참을 망설이다가 내게 편지 봉투를 내밀었다.

"할게."

나와 우이재는 서로의 편지를 교환했다. 나는 우이재에게 봉투를 건네기 전에, 그 안에 들어 있던 폴라로이드 사진을 슬쩍 주머니 안에 넣었다. 나도 아직 보지 못한 사진을 우이재에게 먼저 보여 주고 싶지 않았다.

나는 우이재의 편지를 받자마자 다닝 안으로 달려 들어갔다. 방 안에 들어가 자리를 잡고 앉아, 긴장된 손끝으로 봉투를 열었다. 그 안에는 편지지가 아닌, 길쭉하고 얇은 휴대용 공책이 들어 있었다. 나는 공책을 꺼내 펼쳤다.

공책에 쓰인 건 설아의 글씨가 아니었다.

우이재의 일기
_첫 번째

중학교 3학년이 된 첫날, 아침 식탁에서 아버지는 내게 신신
당부했다.

"공부 열심히 해. 3학년 성적 중요한 거 알지?"

아버지는 아직도 내가 과학고에 갈 수 있다는 희망을 버리지
못했다. 그게 희망이 아니라 망상에 가까운 일이라는 걸 지난 이
년간의 성적표가 보여 주었음에도 그랬다. 초등학교 때 공부를
잘했던 아이가, 중학생이 되어서 평범해지는 건 곧잘 있는 일이
라는 걸 아버지는 도저히 인정할 수 없는 모양이다. 아버지의 희
망을 저버린 죄로, 나는 착한 아들이 되어야 했다. 아버지는 수
시로 내 방을 뒤졌고, 툭하면 연락을 해서 내가 학원에 빠지지 않

는지 감시했다. 아버지에게 '어디냐?'는 메시지가 날아올 때마다 비명을 지르고 싶었지만, 내가 할 수 있는 최대의 반항은 휴대폰을 끄는 것뿐이었다. 그마저도 집에 와서 수업 때문에 껐다, 배터리가 방전됐다 등등 온갖 변명을 해야만 했다.

"반에서 무슨 일 있어도 절대 나서지 말고."

아버지는 한마디를 덧붙였다. 왜 그런 말을 했는지 짐작이 갔다. 나는 알았다고 대답하고 식탁에서 일어났다.

'뭐야. 아버지도 알고 있구나. 최준석에 대해서.'

절대 나서지 말고. 그 말은 최준석 눈에 띄지 말라는 경고다.

최준석. 우리 학교의 유명인이다. 소문으로는 인터넷 도박도 하고, 원조 교제 알선까지 한다나. 어디까지나 소문일 거다. 나와 동갑인 남자애가 그런 일을 한다는 건 통 믿기지가 않는다. 그런 건 드라마나 영화 속에서나 일어나는 일이 아닌가. 그렇지만 '최준석이라면 가능할지도…….' 그런 생각도 든다. 최준석은 그런 애다.

운동장을 걷는 발걸음이 점점 느려졌다. 이렇게나 학교에 가기 싫은 건 초등학교 때 칠판 앞에 서서 발표하다가 방귀를 뀐 날 이후로 처음이다. 교실에 들어가고 싶지가 않다.

이유는 간단하다. 최준석과 같은 반이 되어서다.

학교의 모든 아이가 제발 최준석과 같은 반이 되지 않게 해 달라고 빌었을 거다. 같은 소원을 빈 사람이 너무나 많은 탓에, 내기도는 가닿지 않은 게 분명하다. 게다가 나는 이번이 두 번째 다. 1학년 때도 최준석과 같은 반이었다. 그때의 숨 막히는 교실의 공기가 떠올라 저절로 한숨이 나왔다. 한숨을 쉬며 교실에 들어서자 같은 반이 된 친구들 몇몇이 내게 손을 흔들었다. 친구들 무리에 섞여 들면서 교실 안을 살펴보았다. 당연히 최준석이 가장 먼저 내 눈길을 끌 줄 알았는데, 아니었다.

내 눈길을 끈 건, 교실 가장 뒷자리에 아무도 없이 홀로 앉아 곧게 앞을 보고 있는 한 사람이었다. 무관심을 방패처럼 두르고 있는, 어딘가 초연한 모습.

'강한봄도 같은 반이었구나.'

불안이 슬며시 줄어들었다.

✕✕✕

최준석과 강한봄. 폭군과 외로운 혁명가.

최준석이 폭군으로 불리게 된 건 1학년, 입학식이 끝나고 얼마 지나지 않아서였다. 최준석은 친구들 몇 명을 모아서 3학년 선배를 집단 폭행했다. 그 선배가 최준석에게 3학년 교실이 있는 5층에 올라오지 말라고 한 게 이유였다. 1학년 전원이 경악했다. 막 중학생이 된 1학년에게, 3학년 선배는 눈도 마주치기 어려운 상대였다. 두 살밖에 차이나지 않지만 학교의 모든 것이 낯설어 쭈뼛거리는 1학년에게, 여유로운 3학년의 태도는 그들을 훨씬 더 어른으로 보이게 했다.

학교의 대응은 더 놀라웠다. 당연히 최준석이 벌을 받을 줄 알았는데, 선생님들 모두 어떻게든 그 일을 덮으려고 혈안이 되어 뛰어다녔다. 최준석 아버지가 지역 국회 의원이었기 때문이다. 3학년이 되어서 1학년과 싸운 거 보면 3학년 쪽 행실에 문제가 있던 거 아니겠느냐, 말이 집단 폭행이지 1학년이 어떻게 3학년을 이기느냐, 1학년과 3학년이라 덩치 차이가 있어서 겁을 먹고 1학년이 떼거리로 몰려간 것뿐이지 때린 건 아니다, 선생님들은 그런 말로 최준석을 변호했다. 이가 다 부러질 정도로 맞았는데 때린 게 아니라니. 모두가 어이없어 했지만, 결국 쌍방 폭행으로 결론이 났다. 양쪽 부모님들은 합의를 봤고, 최준석은 아무런 처벌도 받지 않았다.

그 사건으로 모두가 최준석은 무슨 짓을 하든 처벌받지 않는다는 것을 알게 되었다. 최준석에게 잘못 걸리면 나만 피해를 입는다는 것을. 최준석이 그 사실을 선포하려고 3학년 선배에게 싸움을 건 게 아닐까, 하는 추측도 돌았다.

그 사건 이후 쭉, 최준석은 반 아이들 중 몇몇을 지정해 괴롭혔다. 괴롭힘의 방식은 노골적이면서도 교묘했다. 교사가 있는 곳에서는 친한 척을 하며 어깨동무를 하지만, 교사가 자리를 떠나면 어깨동무를 했던 팔로 목을 졸라 버리는 식이었다. 반 아이들은 최준석의 괴롭힘을 모른 척했다. 자칫 나섰다가 자신이 타깃이 될 것이 두려웠을 터다. 나도 그랬다.

그런 최준석의 폭군과도 같은 행동에 제동을 건 사람이 딱 두 명 있었다. 그중 한 명이 강한봄이다. 강한봄도 1학년 때 같은 반이었는데, 괴롭힘의 대상이었던 듯하다. 나도 가끔, 최준석과 그 무리가 강한봄에게 욕하는 것을 본 적이 있었다. 대부분 강한봄의 어머니에 대한 욕이었다.

1학년 여름 방학이 끝나고 며칠 지나지 않은 어느 날, 강한봄은 최준석을 학교 폭력으로 신고했다. 이전에 3학년 선배와 싸워서 학교 폭력 위원회에 불려 갔던 건 쌍방 폭행으로 처리되었기에, 최준석이 학폭으로 고발당한 건 그때가 처음이었다. 다들 어떤 결과가 나올지 궁금해했다. 최준석의 눈치를 보느라 관심 없는 척하다가도, 서너 명이 모이면 반드시 그 이야기가 나왔다. 아무래도 3호가 아니겠느냐, 하는 의견이 제일 우세했다. 3호까지는 조치 사항을 이행하면 학교생활 기록부에는 기재되지 않으니까 그 선에서 합의를 보지 않을까 하는 거였다.

"부모님이 손을 안 쓰면, 그러니까 선생님들이 강한봄의 말을 다 믿어 주면 몇 호 나올 것 같아?"

내가 그렇게 묻자, 다들 앞다투어 말했다.

"적어도 5호지."

"최준석 걔는 심리 치료 좀 받아야 돼."

"3호만 나와도 속이 시원하겠다. 최준석, 교내 봉사하는 거 다른 애들이 지켜보면 쪽팔려서 죽으려고 할걸."

결과는 1호 처분이었다. 사과 편지를 써서 화해할 것. 학교 폭력 위원회에서는 최준석이 강한봄에게, 강한봄의 엄마가 술집에서 근무한다는 것을 이유로 모욕적인 말을 한 적이 있다는 것만을 인정했다. 그 정도는 친구들 사이에서 흔히 할 수 있는 장난이지만 예민한 나이인 만큼 폭력으로 느낄 수 있음을 인정해서 1호 처분을 내린다는 거였다. 그 외에 강한봄이 주장한 육체적인 폭력 및 언어적인 폭력, 지속적인 괴롭힘은 인정되지 않았다.

나는 강한봄이 이의를 제기할 줄 알았다. 하지만 강한봄은 그 처분을 받아들였다. 대신에 사과 편지를 자신이 아닌 자신의 엄마에게 쓸 것, 그걸 누구든 볼 수 있게 학교 홈페이지에 게재할 것을 조건으로 걸었다. 최준석은 죽어도 공개는 못 한다고 버티다가 결국 그 조건을 받아들였다.

애들은 강한봄이 어리석다고 했다. 편지쯤이야 남에게 돈 주고 쓰라고 시킬 거라고, 편지 한 장 쓴다고 최준석이 반성할 것 같냐고, 오히려 그 뒤에 더 심하게 괴롭힐 게 뻔하다고 말이다. 그 말대로였다.

"앞으로 강한봄하고 말 한 마디라도 섞으면 다음 타자다. 알았지?"

최준석은 반 애들에게 그렇게 엄포를 놨다. 그렇지만 그 엄포는 큰 효력을 발휘하지 못했다. 최준석이 엄포를 놓은 그날 점심 시간에 한설아가 강한봄의 자리로 다가갔다.

"밥 같이 먹자."

한순간 교실에 정적이 감돌았다. 강한봄은 아무 대답 없이 자리에서 일어나 교실 밖으로 나갔다. 한설아가 그 뒤를 따라 나갔다. 최준석이 교실 문을 향해 책을 던졌다.

최준석에게 제동을 건 또 다른 한 사람. 그게 바로 한설아다.

최준석이 한설아에게 호감을 가지고 있다. 이건 학기 초부터 널리 퍼진 소문이었다. 1학년 첫날, 누가 교실에 들어와도 본체만체하던 최준석이 유일하게 인사를 건넨 게 한설아였다. 최준석은 한설아가 교실에 들어오자마자 자리에서 벌떡 일어나 다가가서는 "잘 지내 보자. 우리 반에서 그나마 수준 맞는 건 너랑 나뿐인데."라며 손을 내밀었다.

"수준? 네가 말하는 게 부모님이 몇 평 아파트에 살고, 부모님 직업이 뭐고, 경시대회에서 몇 등을 하고, 혹시 그런 거니?"

한설아가 되물었다. 최준석이 고개를 끄덕이자, 한설아는 최준석의 손등을 쳐 냈다.

"난 그런 식으로 사람 분류하는 데 취미 없어."

다들 그때, 최준석이 한설아를 걸어차지는 않을까 걱정했다. 하지만 최준석은 콧구멍을 벌름거리며 열을 내뿜을 뿐, 한설아에게 해코지를 하진 않았다. 최준석과 한설아가 유치원 때부터 동창이고, 꽤 오랫동안 같은 장면을 반복해 왔다는 게 그들과 같은 유치원을 나온 아이들의 증언이었다.

그날, 강한봄과 한설아는 급식실에 나타나지 않았다. 나는 난동을 부리는 최준석의 모습에 체할 것만 같아서, 밥 먹기를 포기하고 급식실을 나왔다. 매점에서 빵을 사서 학교 뒤쪽으로 향했다. 체육 창고 뒤쪽에 키 큰 나무가 늘어선 화단이 있는데, 창고와 화단 사이에 약간의 틈이 있어서 종종 아이들의 비밀 기지로 쓰이곤 했다. 보통은 2, 3학년이 그 자리를 차지했지만 운이 좋으면 아무도 없는 비밀 기지를 독차지할 수도 있었다. 혹시 그런 행운이 찾아오지는 않을까 싶은 마음에, 비밀 기지를 들여다보았다.

"너, 괜히 나한테 말 걸었다간 큰일 나."

그곳에 강한봄과 한설아가 나란히 앉아 있었다.

"상관없어. 나도 한 싸움 하거든. 최준석 같은 애, 예전부터 많이 봤어."

"내가 불쌍해? 그래서 말 걸어 준 거야?"

"아니, 궁금한 게 있어서. 너, 왜 학폭위에 이의 제기 안 했어?"

두 사람을 방해하면 안 될 것 같아서 뒤돌아서려는데, 한설아의 말이 내 다리를 붙잡았다. 나도 그게 궁금했다. 교육청에 행정 심판을 제기하는 방법으로 이의를 제기하면 분명히 좀 더 높은 등급의 처벌이 내려졌을 것이다. 그게 아니라도 결론이 나오기까지 삼사 개월 정도가 걸리니까 그 기간 동안은 최준석이 강한봄을 괴롭히지 않았을 수도 있었다.

"이의 제기를 해 봤자 나아질 게 없을 것 같았어. 어차피 어른들은 다 최준석 편이잖아. 큰 기대를 하고 최준석을 신고했던 게 아냐. 따돌림당하는 거? 좀 얻어맞는 거? 욕먹는 거? 익숙해. 엄마가 술집에서 일한다는 이유로 그 모든 일을 다 겪었거든. 그런데 자주 겪는다고, 그게 익숙해지는 건 아니잖아."

강한봄은 엄마가 욕먹는 게 싫다고 했다. 자기가 괴롭힘당하는 건 그냥저냥 참겠는데 엄마를 욕하는 건 참을 수가 없다고. 다른 사람이 엄마를 욕할 때마다 자신의 영혼이 깎여 나가는 것만 같다고 했다.

"이상하잖아. 엄마는 열심히 일해. 술집에서 일하는 게 뭐 어때서? 우리 엄마, 술집 주방에서 음식 만들어. 불법적인 일을 하는 게 아니라고. 엄마는 여자 혼자 몸으로 날 엄청 열심히 키웠어. 엄마를 욕할 거면, 여자 혼자 애 기르는 데 아무런 도움도 안 준 나라를 먼저 욕해야 하는 거 아냐? 난 엄마가 좋아. 그래서 최준석한테 그런 조건을 건 거야. 최준석이 엄마에게 쓴 사과문을 본 사람은, 적어도 내게 엄마 욕은 안 할 거 아냐. 망신당하고 싶지 않을 테니깐."

"하지만 너, 그거 때문에 더 심하게 따돌림당할지도 몰라."

"뭐 어때? 그게 더 마음 편해. 내가 최준석한테 괴롭힘당하는 거 빤히 알면서 모른 척했던 반 애들도 어차피 공범이야. 그런 애들하고 친해질 생각 없어."

"찔리네. 나도 공범이니깐. 앞으로 점심 같이 먹으면 감경 좀 해 줄 거니?"

강한봄의 김빠진 콜라 같은 웃음소리는 의외로 커서, 내가 서 있는 곳까지 선명하게 울렸다.

"됐다. 여자애랑 같이 다니면 사귄다 어쩐다 소문나잖아. 부담스러워."

나는 발소리를 죽여 비밀 기지 앞을 벗어났다. 체육 창고의 앞쪽 문 앞에 쪼그려 앉아 빵 포장지를 뜯었다. 포장지 밖으로 빵을 꺼내기도 전에, 강한봄이 비밀 기지 쪽에서 내가 앉은 방향으로 걸어 나왔다. 나도 모르게 강한봄을 봤다.

"왜?"

"아니. 어……, 먹을래?"

빵을 내민 건 얼결에 한 행동이었다. 강한봄과 눈이 마주치니깐, 내가 두 사람의 대화를 엿들은 게 들킨 것만 같아서 무엇이든 해야만 했다. 아무리 그래도 갑자기 빵을 내밀다니, 뜬금없었다. 그때까지 강한봄과 별반 대화다운 대화를 해 본 적이 없었다. 나는 언제나 친구들과 함께 다녔고, 강한봄은 늘 혼자였다. 무리에 속해야만 안심하는 사람과, 혼자여도 괜찮은 사람이 접점을 가질 기회는 좀처럼 오지 않는 법이다. 아침 9시부터 오후 5시까지 무려 여덟 시간 넘게 한 공간에 있어도 그렇다. 나는 슬그머니 고개를 숙였다.

찰칵. 갑자기 들린 셔터음에 다시 고개를 들었다.

"그거 뭐야? 카메라?"

강한봄이 손에 들고 있는 건 손바닥 크기의 작은 카메라였다. 장난감같이 생긴 카메라 아래쪽에서 작은 사진이 튀어나왔다.

"폴라로이드. 사진 찍는 게 취미거든. 이건 빵에 대한 답례."

강한봄은 내 손에서 빵을 가져가고는 사진을 건네주었다. 교통 카드 크기의 작은 사진 속에는 빵을 쥔 손이 찍혀 있었다.

"뭐냐, 이건."

"좋잖아. 남을 도와주는 손. 이거, 잘 먹을게."

강한봄은 히죽 웃고는 내게서 멀어졌다. 강한봄이 준 사진을 주머니에 넣었다. 역시 이상한 놈이었다. 그렇지만 최준석처럼 나쁘고 이상한 놈은 아닌 것 같았다.

다음 날도 한설아는 강한봄에게 말을 걸었다. 누구든 말을 거는 사람이 있는 한 왕따는 성립되지 않는다. 한설아의 행동이 며칠간 계속되자 다른 몇 명도 슬금슬금 강한봄에게 말을 걸었다. 최준석은 누군가 강한봄에게 말을 걸면 못마땅한 표정으로 그쪽을 노려보곤 했지만, 딱히 무언가를 하진 않았다. 또다시 학폭위에 불려 가고 싶진 않은 모양이었다.

폭군이 존재하는 숨 막히는 교실.

강한봄과 한설아가 숨통을 틔워 주지 않았다면 1학년, 그 일 년간의 폭정을 도저히 견딜 수 없었을 거다. 2학년 학급 배정 발표가 났을 때, 최준석과 다른 반이 되었다는 기쁨만큼 강한봄이나 한설아 그중 누구와도 같은 반이 되지 않은 게 서운했던 기억이 선명하다.

'강한봄이 있으니깐 분명 괜찮을 거야.'

그렇게 믿고 싶다. 중학교 마지막 일 년은 아무 일 없이 지나갈 거라고.

나보름의 이야기

_두 번째

공책을 덮었다.

"뭐야, 이게……."

공책에 쓰인 건 설아가 아닌 다른 누군가의 일기였다. 왜 설아가 다른 사람의 공책을 우이재에게 보낸 것인지, 이유가 짐작이 가지 않았다.

'최준석이라면 개지. 유치원 때 나한테 시비 걸었던 애.'

유치원 입학식 날의 일은 지금도 선명히 기억난다. 방패 없이, 처음으로 돌을 맞았던 경험을 쉽게 잊을 순 없다. 그날 내게 짱돌을 던졌던 사람이 최준석이다. 최준석은 나를 보자마자 "야, 너희 엄마 한국말 못 하지? 바보지?"라며 혀를 내밀어 보였다.

돌을 맞았는데 가만히 있을 이유가 없었다. 나는 최준석에게 달려들었고, 서로 머리카락을 쥐어 잡으며 싸운 끝에 최준석의 코피를 터뜨렸다. 선생님은 나를 혼냈다.

"먼저 폭력을 휘두른 쪽이 잘못한 거야."

억울했다. 억울한데, 왜 억울한지 설명하기에 다섯 살의 어휘력은 너무나 빈곤했다. 선생님 앞에서 주먹을 꽉 쥐고 거친 숨을 몰아쉬고 있는데, 설아가 다가왔다.

"그 애가 먼저 보름이 엄마 욕했어요. 우리 아빠가 그랬어요. 말로 하는 폭력도 폭력이라고, 그것도 엄청 나쁜 거라고. 그러니깐 보름이가 먼저 폭력을 휘두른 게 아니에요. 선생님이 보름이만 혼내는 건 잘못된 거예요."

억울함이 제대로 된 언어가 되어 나오는 희열을, 설아는 내게 선사해 주었다. 그 일로 나와 설아는 단짝이 되었고, 설아는 '변호사'란 별명을 얻었다.

쌈닭 나보름, 그리고 쌈닭 변호사 한설아. 우리는 환상의 콤비였고, 서로의 모든 것을 아는 절친이었다. 그렇다고 믿었다.

언제부터일까. 설아에 대해 내가 모르는 부분이 생겨난 것은.

버스로 한 시간 반. 내가 이사를 가게 된 후 나와 설아 사이에 생겨난 물리적 거리다. 처음에는 주말마다 만나던 것이 2학기가 되면서는 한 달에 한 번씩 만나게 되었다. 해야 할 공부는 점점 늘어났고, 주말에는 학교 친구끼리 모여서 수행 평가 준비도 해야 했다. 그래도 1학년 때는 매일 통화를 했다. 그때 설아와의 통화가 아니었다면, 나는 버틸 수 없었을 거다.

1학년 동안, 나는 내내 쌈닭 모드였다. 전학 첫날에 혼혈인 것을 밝힌 이후 내가 걱정했던 모든 일이 일어났다. 유치원 때부터 이어진 싸움의 재현이었다. 심지어 놀리는 말도, 행동도 비슷했다. 여섯 살과 열네 살이 똑같은 수준으로 타인을 괴롭히는 걸 보면, 누군가를 괴롭히는 사람은 성장이란 걸 하지 않는 것 같았다. 다행히 나는 이미 전투 내공 만렙이었고, 학교 애들의 괴롭힘은 초보 수준이었다. 나는 그 애들을 쓰러뜨리며 조금씩 내 자리를 만들어 갔다.

그러나 싸움의 빈도가 쌓일수록 상처도 쌓였다. 그 상처를 치유해 주는 유일한 약은 설아와의 통화였다. 저녁에 이불을 뒤집어쓰고 누워서 설아에게 그날의 싸움을, 승리를, 상처를 털어놓고 있노라면 모든 것이 괜찮아졌다. 그렇게 버틴 덕분에 2학년부터는 놀림과 괴롭힘이 줄어들었다. 2학년 여름 방학을 지나고는, 다른 친구 몇몇이 내 편이 되었다. 친구들은 말했다.

"그만해. 중학생이나 되어서 그런 걸로 유치하게 굴지 마."

유치하다. 이 표현만큼 중학생이 듣기 싫은 말이 있을까. 유치한 사람일수록 더욱더 이 말에 민감한 법이다. 학교에서 쌈닭 모드를 해제할 수 있게 되자 학교생활이 즐겁고 바빠졌다. 설아와의 통화는 일주일에 두 번으로 줄어들었고, 공휴일이나 방학 때만 날짜를 정해 만나게 되었다.

'마지막으로 만났던 날에, 설아가 무슨 말을 했더라.'

공책을 노려보며 기억을 더듬는데 방문이 벌컥 열렸다.

"밥 먹어."

원하리는 그 말만 하고는 방문을 닫고 나갔다.

"나, 밥 안 먹어요!"

나는 큰 소리로 외치고 다시 설아와 마지막으로 만났던 날을 떠올리려 했다. 그러나 방문 밖에서 들려오는 흥겨운 음악 소리가 집중을 방해했다.

"냠냠 냠냠냠냠 냠냠."

멜로디가 귀에 익었다. 초등학교에서 점심시간 알림으로 썼던 노래다.

"냠냠 냠냠냠냠 냠냠 밥 먹자, 맛있는 게 많다. 냠냠 냠냠냠냠 냠냠 밥 먹자, 맛있는 게 많다……."

구간 반복 재생이라도 틀어 놓은 건지, 문밖에서 노래가 끊임없이 이어졌다.

―보름아, 점심 먹으러 가자.

점심시간 알림 노래가 시작되기도 전에 내 자리로 달려오던 설아의 목소리가 떠올랐다. 맛있는 메뉴가 나오면 서로 달리기 경주라도 하듯이 뛰어갔다. 설아는 늘 나보다 빨랐다. "설아, 기다려." 내가 그렇게 말하면 설아는 뛰던 것을 멈추고 뒤돌아보며 웃었다.

─기다려 줄게. 빨리 와.

그때 설아의 목소리와, 눈이 완전 접히게 웃던 표정과, 날개 뼈가 도드라져 보이던 등. 그 모든 것이 반복 재생되는 노래처럼 꼬리에 꼬리를 물고 이어졌다. 눈물이 차오르더니 주르륵, 눈가를 타고 흘러내렸다.

'미쳤다. 이게 듣고 울 노래야? 밥 먹자 송 듣고 운다고?'

드라마를 보면 연인이 헤어지고, 한 명이 카페에 혼자 앉아 있다가 둘이 함께 듣던 노래가 나오면 눈물을 훔치는 장면이 가끔 나온다. 그런 장면을 볼 때마다 식상하다고 비웃었던 게 후회되었다. 식상한 건 그만큼 많은 사람들이 이별 후 그런 상황을 겪는다는 거다. 설마 그게, 밥 먹자 송이 될지는 몰랐다.

"먹을게요, 먹을게! 제발 노래 좀 꺼요!"

나는 방문을 열고 대청마루로 나가며 소리쳤다. 대청마루에 동그란 좌식 밥상이 놓여 있고, 원하리와 우이재가 자리를 잡고 앉아 있었다. 나는 원하리와 우이재 사이, 비어 있는 자리에 앉았다. 밥상에는 우유에 만 시리얼이 한 그릇씩 놓여 있었다.

"아침과 저녁은 반드시 함께 먹을 것. 규칙이야."

원하리가 숟가락을 들며 선언했다. 나는 우유에 빠진 시리얼을 하나씩 세면서 옆에 앉은 우이재를 힐끔 봤다. 우이재의 숟가락도 그릇에 잠긴 채 움직이지 않았다.

'우이재한테 물어보자. 자기가 받은 거니깐, 공책이 누구 건지 정도는 알겠지.'

우이재가 싫다. 싫은 만큼 궁금한 것도 많다. 설아와 언제부터 친구였는지, 설아의 죽음에 대해 무언가 알고 있는지, 공책에 쓰인 사건이 혹시 설아의 죽음과 연관이 있는지 등등. 아침 식사가 끝나자마자 우이재를 몰아붙이리라 다짐했다.

"저기, 누나. 정말로 자수 작품을 만들어야 해요?"

원하리는 호로록, 시리얼을 빨아들이며 고개를 끄덕거렸다.

"당연하지."

"저, 자수 한 번도 놓아 본 적 없어요. 못 해요."

"어리석구나. 해 보지 않은 건 안 한 거지, 못 하는 게 아냐."

"강릉 온 것도 간신히 허락받았는데 방학 내내 여기에 있겠다고 하면 부모님이 허락해 줄 리가 없어요. 학원 가야 하거든요. 안 간다고 하면 아버지가 여기에 와서 절 끌고 올라갈 거예요."

탁. 원하리는 숟가락을 밥상에 소리 나게 내려놓았다.

"걱정 마. 그건 내가 해결할 테니."

원하리는 자신만만한 미소를 지어 보였다. 나는 그저 빨리 식사 시간이 끝나기만을 바랐다. 그래야 우이재에게 질문을 퍼부을 수 있을 테니깐. 하지만 원하리는 그릇을 다 비운 후에도 요지부동, 밥상 앞을 떠나지 않았다.

"저기요. 밥 다 먹었는데 가도 되죠?"

결국 기다리다 지쳐서 문자, 원하리는 나와 우이재 앞에 놓인 그릇을 가리켰다.

"안 먹었잖아."

"저, 이게 다 먹은 거예요. 입맛 없어요."

"……저도요."

"안 돼. 자신의 몫은 다 먹을 것. 이것도 규칙이야."

그런 게 어딨냐고 말해 봤자 씨도 안 먹힐 게 분명한 단호함이었다. 결국 나는 퉁퉁 분 시리얼을 다 먹었다. 어차피 맛은 느껴지지 않았으니까 불어 터진 건 상관없었다. 이상하게도 설아의 장례식 날 이후, 무엇을 먹어도 맛을 느낄 수가 없다. 강릉에 올 때까지 하루에 우유 한 잔만 마시고 버틴 날도 있었다. 오랜만에 시리얼 한 그릇을 다 먹으니 속이 더부룩했다.

"좋아. 아침 식사 끝. 난 잠깐 나갔다 올 거야. 예약된 손님은 없지만, 혹시라도 상처받은 영혼이 찾아오면……."

예약? 상처받은 영혼? 원하리의 말을 도통 알아들을 수가 없었다. 원하리는 나와 우이재의 얼굴을 찬찬히 들여다보더니 몸을 일으켰다.

"그러면, 너희가 길을 찾도록 도와주렴. 도구는 저기."

원하리의 손가락이 대청마루에 걸린 자수 캐노피로 향했다. 캐노피 아래에 서랍장이 놓여 있었다. 자개로 장식되어 반짝거리는 게 꼭 마법 상자 같았다.

"저 안에 있어. 너희가 정해야 할 것도 저기에 있지."

"정해야 할 게 뭔데요?"

"나중에 알게 될 거야."

원하리의 대답은 그게 끝이었다. 원하리는 자리에서 일어나
더니, 눈 깜짝할 사이에 밥상을 치우고 로브 자락을 휘날리며 다
닝 밖으로 사라졌다. 원하리의 뒷모습을 멍하니 지켜보고 있다
가 퍼뜩 정신을 차렸다. 우이재가 자신의 방으로 들어가려 하고
있었다.

"잠깐만!"

나는 앉은 채 몸을 날려 다급히 우이재의 팔을 붙잡았다. 우이
재가 흠칫 놀란 표정으로 돌아보았다. 나는 주머니 속에 넣어 두
었던 공책을 꺼내 보였다.

"이거, 누구 건지 알아?"

"……다 읽었으면 돌려줘. 나도 네가 받은 편지, 돌려줄게."

우이재가 내게 손을 내밀었다.

"싫어. 누가 쓴 건지 알려 주기 전에는 돌려주지 않을 거야."

"안 돌려줘도 상관없어. 어차피 다 아는 내용이야."

우이재는 무심히 손을 거두고는, 나에게 잡힌 팔을 뿌리쳤다.
아무래도 협박은 통하지 않을 모양이다. 작전 변경이다.

"그러지 말고 일단 앉아. 잘 생각해 봐. 너, 진짜 방학 내내 여
기 있을 거야? 자수를 하면서? 나도 자수 놔 본 적 없어. 뭔가를

만들 자신도 없고. 너도 설아가 왜 그런 메일을 보낸 건지 궁금해서 여기 온 거잖아. 우리, 힘을 합치자. 응?"

"……넌 자수 놓아 봤을 줄 알았어."

우이재가 뜻밖이라는 듯 중얼거렸다.

"왜 그렇게 생각했는데?"

"그야……, 한설아 친구니깐. 한설아, 수 잘 놓잖아. 팔찌 만드는 거 봤어. 여름 방학 때 친구랑 여행 가기로 했는데, 그때 우정 팔찌 만들어서 줄 거라고 했는데."

우정 팔찌. 그 단어를 듣자, 머릿속에 번개처럼 한 장면이 떠올랐다. 그렇게 떠올리려고 애썼던 설아와 마지막으로 만났던 날의 일이었다.

6월 중순이었다.

설아는 기운이 없었다. 왜 그러는지 물었더니 나에게 주려고 팔찌를 만들고 있었는데 잃어버렸다고 했다. 내가 괜찮다고 해도 계속 시무룩했다. 그래서 인생 네 컷을 찍으러 가려던 계획을 수정해서 만화 카페에 갔다.

그날, 만화 카페에서 유튜브로 괴담 프로그램을 봤다. 한 호숫가에 자꾸만 귀신이 나타난다. 귀신이 나타난다는 곳을 파 보니 남자 신발이 한 켤레 나온다. 호수를 수색하자 근처 마을에서 행방불명된 남자의 시신이 발견된다. 사업에 실패한 남자가 신발을 벗어 놓고 호수에 몸을 던졌는데, 갑작스러운 폭우로 대량의

흙이 호숫가로 밀려 나오면서 신발이 그 아래에 묻힌 것이다. 가족들이 자신의 시신을 찾지 못할까 봐 남자의 귀신이 자꾸만 그곳에 나타난다는 이야기였다.

프로그램 패널들 중 한 명이 말했다.

"한국은 집 안에 들어올 때 신발을 벗는 문화가 있잖아요? 그래서 자살할 때 무의식적으로 신발을 벗어 둘 확률이 높다고 합니다. 이쪽 세계에서 저쪽 세계로 들어간다고 생각하는 거예요. 거기에는 신발을 벗어 둠으로써 나를 발견해 달라는 신호가 포함되어 있기도 하죠."

괴담이라고 하기엔 시시해서 다른 동영상을 클릭하려는 순간, 설아가 중얼거렸다.

"신발."

"응?"

"신발을 신고 있었다는 게 저런 뜻이었구나."

설아가 갑자기 내 쪽으로 고개를 돌리더니 심각한 표정으로 말했다.

"난 꼭 신발 벗고 죽을 거야. 알았지?"

"뭐래? 네가 죽긴 왜 죽어?"

"어쨌든. 만약에 내가 변사체로 발견되었는데 신발 신고 있으면 절대 자살 아니야. 그렇게 알아."

무슨 헛소리냐고 웃어 넘겼다. 죽음 같은 건, 나나 설아와는 전혀 관련 없는 단어인 줄만 알았다.

'신발……, 신발을 신고 있었다고 했어.'

뜨거운 햇볕 탓인지 머리가 어지러웠다. 엄마가 내게 말했었다. 설아는 신발을 신고 있었고, 유서 같은 것도 발견되지 않았다고. 그때는 흘려들었던 말이 방망이가 되어서 마구 가슴을 두드렸다.

'우연일까? 설아가 내게 그 말을 했던 게?'

설아는 무언가 일이 일어날 것 같아서 내게 암시를 줬던 건 아닐까. 어쩌면 정말로, 설아의 죽음이 자살이 아닐 수도 있지 않을까. 그저 설아의 죽음을 받아들일 수 없기에 부정했던 '자살'이란 단어를 곱씹었다.

"자살이 아니라면……."

곱씹던 생각이 혼잣말이 되어 입 밖으로 튀어나왔다. 그 순간 우이재가 아랫입술을 깨물었다. 명백하게 수상한 반응이었다.

자살이 아니라면.

자살이 아니라면…….

"사고사. 그게 아니면……."

단 한 번도 떠올린 적 없던 단어가 머릿속에 어른거렸다. 우이재는 자리를 피하려는 듯, 황급히 내게서 몸을 돌렸다. 그 행동이야말로 우이재가 무언가를 알고 있다는 증거나 다름없었다. 나는 벌떡 일어나 우이재의 티셔츠 목덜미를 잡아챘다.

"도망가지 마! 너, 뭔가 알고 있지? 말해. 설아가 죽은 그날 밤에 무슨 일이 있었는지! 설아, 자살한 거 아니지!"

"나도 몰라!"

우이재가 팔을 휘둘러 나를 떼어 내려 했다. 그래도 나는 안간힘을 쓰며 우이재의 옷자락을 놓지 않았다. 우이재가 나를 향해 뒤돌아서자, 내가 우이재의 멱살을 잡은 꼴이 되었다. 그래 봤자 우이재가 나보다 키가 커서, 내가 우이재의 가슴팍에 매달린 모양새였지만 말이다.

"나도 알고 싶다고! 그날 밤의 일! 그래서 여기 온 거야!"

"거짓말 마! 너, 이 공책에 뭐가 쓰였는지 다 안다며?"

"그거야, 그건 내 일기니깐!"

"……뭐?"

너무나 뜻밖의 대답에 내가 되묻자, 우이재는 양손으로 자신의 얼굴을 가리듯 감쌌다.

"……내가 쓴 일기라고. 아버지가 자꾸 내 방을 뒤지니깐 방에 놔두기가 좀 그래서, 가지고 다닐 수 있게 작은 수첩에 쓰고 싶을 때 조금씩 쓴 거야. 일기라기보다는 메모에 가깝겠다. 한 달에 한 번 쓸까 말까 했거든."

"네 일기를 왜 설아가 가지고 있어?"

"강한봄이 영상 만드는 데 도움이 될 것 같다고 해서 줬어. 그걸 왜 한설아가 가지고 있었는지는 나도 몰라."

우이재는 손바닥으로 얼굴을 쓸어내렸다. 얼굴이 시뻘겋게 달아올라 있었다.

"하지만 한설아가 가지고 있는 게 이상하지는 않아. 영상도 같이 만들었고, 무엇보다 한설아는 강한봄의 여자 친구니까."

"……뭐라고?"

"영상, 둘이 같이 만들었다고. 청소년 다큐멘터리 영화제에 출품할 영상. 고발 르포를 만든다고 했어. 강한봄, 영상 엄청 잘 만들거든."

"그거 말고!"

"한설아는 강한봄의 여자 친구니까……?"

"설아한테 남자 친구가 있었다고?"

우이재의 옷자락이 내 손안에서 스르륵 빠져나갔다. 머리 위로 쟁반이 세게 떨어진 듯, 내 머릿속에서 깡 소리가 났다.

설아의 남자 친구라니.

그런 이야기는 단 한 번도 듣지 못했다.

우이재의 일기

_두 번째

고릴라 실험이라는 게 있다. 보이지 않는 고릴라 실험. 이름만 보면 동물 관련 실험인가 싶지만 심리학자들이 한 실험이다.

실험은 간단하다. 참가자들에게 흰 옷과 검은 옷을 나누어 입은 학생들이 농구공을 주고받는 영상을 보여 준다. 그러곤 흰 옷을 입은 학생들의 패스 횟수를 세도록 한다. 패스를 하는 영상이 계속되다가, 중간에 고릴라 분장을 한 사람이 나타난다. 고릴라는 패스하는 사람들 뒤를 어슬렁거린다. 영상이 끝난 후에 참가자들에게 "혹시 선수들이 아닌 다른 누군가를 보았습니까?"라는 질문을 한다. 당연히 모두가 고릴라를 봤다고 대답할 것 같지만 실험 참가자들의 절반 정도는 "아무도 보지 못했다."라고 대답한다. '흰 옷을 입은 학생의 패스 횟수'에 집중해서, 고릴라 분장을 한 사람을 인식하지 못한 거다.

이렇게 시야 안에 있어도, 그 대상을 인지하지 못하는 걸 주의력 착각, 혹은 무주의 맹시(Inattentional Blindness)라고 부른다.

책에서 고릴라 실험에 대해 읽다가 그런 생각을 했다. 지금 우리 학교에서 일어나고 있는 문제를 어른들은 인지하지 못하는 걸까? 이게 보이지 않을 수는 없는데, 아무도 손을 쓰지 않는 걸 보면 다른 무언가에 정신이 팔려서 못 보는 게 아닐까? 그 무언가는 대체 뭘까. 학생들이 손에 들고 있던 공처럼, 어른들의 시선을 빼앗은 건 대체 무엇일까.

시작은 휴대폰 데이터였다. 언제나 데이터가 모자란다는 친구들과 다르게 나는 늘 데이터가 남았다. 아버지의 감시 때문에 휴대폰에 게임을 다운로드할 수가 없으니 당연했다. 설마 최준석이 휴대폰 데이터 때문에 나를 표적으로 삼을 줄은 몰랐다.

"우이재, 너 데이터 남아돈다며? 그거 나한테 기부 좀 해라."

최준석이 그렇게 말한 날부터, 나는 최준석이 원할 때면 언제든 데이터를 켜야 했다. 최준석과 그 무리는 나를 '일회용 핫스팟'이라고 불렀다. 남아돌던 데이터가 일주일을 못 넘기고 바닥이 났다.

"저기, 나 데이터 다 썼는데."

내가 쭈뼛거리며 말하자 최준석은 나를 보지도 않고 가 보라는 듯 손을 휘저었다.

"그래? 그럼 가 봐. 다음 달에 또 부탁해."

그나마 최준석이 데이터를 무제한으로 바꾸라든가, 추가 구매를 하라고 강요하지 않아서 다행이었다. 등 뒤에서 최준석과 최준석의 무리가 떠드는 소리가 들렸다.

"최준석, 요즘 착해졌네."

"착해지고말고. 아버지가 한 번만 더 사고 치면 카드도 자르고 유학도 취소라고 했단 말이야. 그래서 핫스팟도 전용 아니고 일회용만 쓰잖아."

그 애들은 웃었다. 웃지 못하는 건 나뿐이었다. 전용이든 일회용이든, 나는 핫스팟이 아니고 사람이라는 걸 그 애들은 모르는 듯했다.

"우이재, 너 최준석한테 찍힌 거 아니지?"

"그런 거면 우리 따로 다니자. 우리까지 찍힐라."

친구들 무리로 돌아가니, 몇몇이 농담인지 진담인지 모를 말을 던졌다.

고릴라 실험에 대해 생각한다. 우리, 그러니깐 나와 학교 친구들이 고릴라를 보지 않았다고 착각하게 만드는 건 공포다. 최준석의 폭력을, 그 폭력을 당하고 있는 대상이 있음을 인지하는 순간 자기 자신도 '폭력의 대상' 카테고리 안에 속할 수 있음을 인정해야 하는 공포, 혹은 최준석의 폭력을 묵인하고 있음을 시인

해야 하는 죄책감의 공포. 그렇기에 농담으로 위장한 경계의 말을 던진다.

서운하지는 않다. 어차피 이 무리에 속마음을 털어놓을 정도로 친한 사람은 아무도 없다. 내가 속한 무리의 아이들은 혼자 있는 것이 무서워서 먼지 덩어리처럼 뭉쳐 다닐 뿐이다.

"우리 오늘 학교 끝나고 PC방 갈 건데, 우이재 넌 못 가지?"

"학원 하루쯤은 좀 빠져라. 친구들 노는 데 너만 빠지냐?"

먼지 덩어리이기에 때때로 '우정 테스트'가 이루어진다. 네 사정이 어떻든 단체 활동에 참가하라는 무언의 압박이다. 일 년에 한두 번은 이 테스트를 치러야 학교생활을 무난하게 할 수 있음을 지금까지의 경험으로 잘 알고 있다.

"오늘은 나도 갈게."

학교가 끝나고, 나는 친구들과 함께 PC방으로 향했다. 친구들은 각자 자리를 잡고 앉아 게임을 하기 시작했다. 나도 처음 한두 판은 함께했지만, 내 게임 실력은 형편없었다. 결국 친구들은 내게 게임에서 빠지라며 짜증을 냈다. 게임에서 로그아웃하고 인터넷 게시판 몇 곳을 뒤적거렸지만 영 재미가 없었다. 오후 6시 즈음 되어 가자 배도 고팠다. 하지만 옆에서 오고 가는 욕설 섞인 고함을 들으면서 밥을 먹고 싶지는 않았다. PC방을 나와 바로 옆 건물에 있는 편의점으로 향했다.

'쟤는 뭐지? 아직 반바지 입기에는 춥지 않나?'

편의점 앞에, 어린아이 하나가 창문에 달라붙듯 서 있었다. 정수리가 내 허리 정도밖에 오지 않는 걸 보면 기껏해야 대여섯 살 정도로 보였다. 4월 중순이라 아직 쌀쌀한 날씨에도 아이는 반바지를 입고 샌들을 신고 있었다.

'……설마 아동 학대 그런 건 아니겠지?'

나와는 관계없는 일이다. 애써 아이를 무시하며 편의점 문을 열고 안으로 들어가려는데, 아이가 갑자기 소리를 질렀다.

"형이다!"

아이의 손가락 끝이 정확히 나를 가리키고 있었다.

"나?"

"응. 형, 우리 형이랑 같은 학교죠? 나, 집 좀 찾아 주세요."

아무래도 아이의 형이 나와 같은 학교에 다니는 모양이었다. 난 네 형 몰라, 라고 말하고 편의점에 들어가면 그만이었다. 평소의 나라면 분명 그랬을 거다. 나는 모르는 어린아이를 신경 쓸 정도로 착하지 않았다. 며칠 전에 아동 학대 뉴스를 보지 않았으면, 그 뉴스 속 피해자가 계절에 맞지 않은 옷차림으로 돌아다녔다는 게 기억나지 않았으면 분명 그랬을 거다.

"집이…… 어딘데?"

"횡단보도 건너면 돼요. 우리 집 앞에는 깃발 잔뜩 달린 가게도 있어요."

어디인지 알 것 같았다. 학교에서 십여 분 거리에 있는 빌라

촌이다. 횡단보도 쪽 1층에 무당이 오색 깃발을 걸어 놔서, 학교 아이들 사이에서는 '귀신 빌라'라고 불린다. 나는 아이의 손을 잡았다.

"가자. 데려다줄게."

걸어가는 내내 아이는 재잘재잘 떠들었다. 원래는 편의점에 혼자 잘 간다고, 엄청 예쁜 그림이 그려진 트럭을 봐서 쫓아가다가 길을 잃었다고, 편의점이 자기가 가던 곳과 똑같아서 길을 찾은 줄 알았는데 아니었다고.

빌라에 도착하자마자 아이는 계단을 뛰어올랐다.

"여기예요, 형. 우리 집!"

"그래, 찾았으니까 됐지? 난 간다."

계단 아래에서 손을 흔들어 보이고 뒤돌아서는데, 끙끙거리는 소리가 발목을 붙잡았다.

"왜 그래?"

결국 계단을 올라, 아이의 등 뒤에 섰다. 아이는 자기 집 현관 손잡이를 붙잡고 마구 돌리다가 나를 뒤돌아봤다. 문이 잠긴 모양이었다. 아이의 눈에 눈물이 그렁그렁 차올랐다. 귀찮았다. 귀찮지만, 차마 아이를 두고 돌아설 수는 없었다. 현관 손잡이를 잡고 돌려 보는데, 등 뒤에서 귀에 익은 목소리가 들렸다.

"어? 너, 우리 반 애지? 우이재, 네가 왜 여기 있어?"

강한봄이었다. 아이는 강한봄을 보자마자, 강한봄의 다리에 달라붙었다. 강한봄은 아이를 들어 품에 안았다.

"얘가 길 잃어버렸다고 해서 집 찾아 주러 왔어."

"아, 오늘 아줌마 늦게 들어오는 날이지. 형네 집에 가자."

강한봄은 아이를 안고 아이의 바로 옆집 문을 열었다. 이걸로 해결이다. 이젠 집에 가도 되겠지 싶어 몸을 돌리려는데, 강한봄이 내 팔을 붙잡았다.

"들어와서 라면이라도 먹고 가."

그 말을 듣고 보니 배가 고팠다. PC방에 돌아가도 어차피 할 일도 없고, 학원이 끝날 때까지는 아직도 두 시간이나 남았다. 게다가 어쩐지 강한봄이 그다지 불편하지 않았다. 나는 강한봄의 뒤를 따라 집 안으로 들어갔다.

아이는 그 집이 익숙한 듯, 곧장 소파에 뛰어올라 텔레비전을 틀었다. 텔레비전 모니터에 흑백 영화가 재생되었다. 아이는 재미없는 거 한다고 투덜거리다가, 강한봄이 내려놓은 가방을 뒤져 휴대폰을 꺼내서 게임을 시작했다.

"옆집 아줌마가 격일로 저녁 근무를 하거든. 그때는 우리 집에 애를 보내는데, 내가 오늘 좀 늦게 왔더니 애가 답답해서 혼자 나왔나 봐. 야, 꼬마. 게임 적당히 해라. 우이재, 라면에 달걀 푸냐?"

"어, 난 뭐든 괜찮아."

부엌에서 달그락거리는 소리가 이어졌다. 나는 텔레비전 화면에 시선을 고정했다. 지루할 것 같던 영화의 한 장면이 내 눈을 사로잡아서였다. 화면 속, 한 남자가 교과서를 찢어 먹고 있었다. 한 장씩 천천히 교과서를 찢어 먹는 흑백 화면 안의 남자의 모습이 꼭 나 같았다. 영화는 보통의 영화와 다르게 십여 분 정도로 짧았다. 영화가 끝나고 크레디트가 올라간 후에야, 화면에서 눈을 뗄 수 있었다.

"라면 불겠다. 먹어."

어느새 라면 냄비가 놓인 밥상이 거실 가운데 놓여 있었다. 강한봄이 부엌에서 나온 것도 모르고 영화를 보고 있었던 거다. 이렇게까지 몰입해서 영화를 본 건 처음이었다.

"저 영화, 재미있어?"

"어, 완전. 처음엔 지루할 것 같았는데 보다 보니깐 빨려 들어가네. 영상이 엄청 화려한 것도 아닌데 신기해. 저거 영화 제목이 뭐야? 영화는 맞지? 저렇게 짧은 영화 처음 봐. 아니면 영화 예고편인가?"

"작년 청소년 국제 영화제 수상작이야. 청소년 영화제는 최소 십 분 이상이면 출품 가능하거든. 저거, 진짜 괜찮지? 촬영부터 편집까지 다 휴대폰으로 한 거래."

"청소년 영화제? 그럼 저거 만든 애가 몇 살인데?"

"열여섯 살이었을걸. 나도 저 영화제 출품했어. 동상 받았지."

다른 사람의 집에서 라면을 먹은 것도, 다른 사람과의 대화가 그렇게 편한 것도 처음이었다. 강한봄네 집 거실이 우리 집 거실보다 편하게 느껴졌다. 좁고, 환기가 잘 되지 않아서 라면 냄새가 내내 떠돌았음에도 그랬다.

"동상? 너도 영화 만들어? 대단하다. 난 저런 게 있는 줄도 몰랐어."

"관심 있어? 그럼 너, 우리 모임 들어올래?"

"……모임?"

"생각 있으면 내일 점심시간에 미디어실로 와. 2층 말고 지하실 끝에 있는 곳."

대체 무슨 모임이냐고 다시 물어도, 강한봄은 의뭉스러운 미소만 지을 뿐이었다. 결국 강한봄의 집을 나올 때까지 더 이상 모임에 대한 이야기는 들을 수 없었다.

'무슨 모임인지도 모르는데 어떻게 가. 게다가 학교에서 강한봄하고 어울리는 거, 최준석한테 들키면 이번엔 진짜 찍힐 거야. 일회용 데이터 셔틀 정도로 안 끝날 거라고.'

3학년, 강한봄과 최준석이 같은 반이 된 후 며칠간 반의 모두가 긴장 상태였다. 두 사람이 다시 부딪치지는 않을까, 무언가 사건이 터지지는 않을까. 하지만 두 사람은 서로를 완벽하게 무시하며 지냈다. 최준석이 1학년 때와는 다르게 반 애들을 돌아가며 괴롭히지 않은 것도 이유 중 하나였다.

아무리 그래도 굳이, 위험을 무릅쓸 필요는 없다. 집에 돌아와서, 책상 앞 벽에 붙여 놓은 폴라로이드 사진을 계속 바라보며 중얼거렸다. 그럴 필요는 없다. 없고말고.

이 년 내내 벽의 한가운데를 차지하고 있는 사진. 빵을 들고 있는 어색한 손이 찍힌 그건 이 년 전에 강한봄이 찍어 준 것이었다.

✕✕✕

학교에 미디어실이 두 개 있는 줄 처음 알았다. 학교 지하실은, 동아리실을 지하실로 배정받은 애들이 아니면 잘 드나들지 않는 곳이다. 지하 동아리실을 사용하는 동아리 중에 밴드부 애들의 텃세가 엄청나기 때문이다. 내가 지하실에 내려왔을 때에도, 밴드부 멤버 중 한 명이 "얘는 뭐야?"라며 나를 노려봤다. 미디어실을 찾아왔다고 하자 거기는 저쪽이라면서 길을 가르쳐 줬지만 말이다.

나는 복도 끝에 '미디어실' 현판을 단 교실 앞에서 한참을 망설이다 슬그머니 문을 열었다.

"오, 왔다. 봐, 내가 올 거라고 했지?"

교실 한가운데 앉아 있던 강한봄이 나를 반겼다. 강한봄이야 당연히 거기 있을 줄 알았다. 나를 불러낸 장본인이니깐.

"진짜 왔네. 그렇게 수상한 설명을 듣고 오다니."

하지만 설마 거기에 한설아가 있을 줄은 몰랐다. 당황해서 문 바로 앞에 멈춰 선 내 팔을 강한봄이 체포라도 하듯 잡아챘다.

"어서 와. 영·딴·모 가입을 환영해."

"……영·딴·모?"

"영화 만드는 척 딴짓하는 모임."

강한봄은 내 팔짱을 끼고 자리에 가 앉혔다. 강한봄이 앉아 있던 책상 위에 휴대폰 한 대가 거치대에 설치된 채 놓여 있었다.

"뭐 하는 모임이야, 그게."

"이 교실 안에서는 뭘 하든 자유야. 책을 읽든, 노래를 부르든, 잠을 자든. 대신에 이 교실에 들어올 때마다 반드시 치러야 하는 입장료가 있어."

"입장료?"

"그래, 바로 이거야."

강한봄은 휴대폰 카메라를 켜고는 녹화 버튼을 눌렀다. 그러더니 휴대폰을 바라보며 혼자 떠들기 시작했다.

"오늘은 영·딴·모에 새로운 멤버가 왔어. 멤버가 될 거라고 믿고 있어. 왜냐하면 이번 달 말까지 세 명 채워서 동아리 신청서를 다시 내지 않으면 동아리실을 반납해야 하거든. 그러면 이 영상 기록도 끝이겠지? 난 이 영상들을 모아서 다큐멘터리를 만들고 싶으니까, 그런 일은 일어나지 않았으면 좋겠어. 그러니깐 지금 이건, 우이재 너에게 은근 부담을 주려고 하는 말인 거지."

녹화 완료. 강한봄은 능숙하게 버튼을 누르고, 휴대폰을 한설아 쪽으로 돌렸다. 한 손에 자수틀을 들고 무언가를 수놓고 있던 한설아의 손이 멈췄다. 이번에는 한설아가 녹화 버튼을 눌렀다.

"이런 이상한 모임에 끌려온 걸 환영해. 나는 얘 여자 친구라서 여기 와 있다지만, 우이재 넌 무슨 죄니? 도망가려면 지금이야. 그렇지만 나도 네가 멤버가 되어 주면 좋겠어. 동아리실 빼앗기면 조용히 자수 놓을 곳이 사라지거든. 지금 내가 만들고 있는 건 팔찌야. 여름에 친구랑 여행 갈 계획을 세우고 있거든. 아직 많이 남았지만, 집에서는 눈치 보여서 못 만드니까 지금부터 조금씩 만들고 있어. 교실에서 수를 놓아도 괜찮은데 말이지. 요즘 최준석이 쉬는 시간마다 찾아와서 귀찮게 굴거든. 그래서 대피할 곳이 필요해."

한설아는 녹화 완료 버튼을 누르고는, 휴대폰 액정을 내 쪽으로 빙글 돌렸다.

"자, 이제 네 차례야."

"이게 뭔데?"

"이게 입장료야. 이 교실에 들어오면 뭐든 하나씩, 영상을 찍어서 남기는 거야. 아무 말이나 해도 돼. 몇 분 이상 찍어야 한다는 규칙 같은 것도 없고. 의외로 찍다 보면 재미있어. 속상한 일 털어놓기도 좋고."

갑자기 영상을 찍으라니, 무슨 말을 해야 할지 알 수 없었다.

그렇다고 두 사람의 시선을 계속 받고 있는 건 더 부담스러웠다.

"……잘 부탁해."

나는 결국 녹화 버튼을 눌렀다.

나보름의 이야기
_세 번째

　원하리가 마법의 상자로 손을 뻗었다. 수리수리 마수리. 금방이라도 주문을 외울 것만 같은 분위기였다. 하지만 안에서 나온 건 마법 구슬이 아닌 색색의 실과 바늘, 동그란 수틀과 하얀 천, 종이와 먹지, 그리고 두꺼운 책이었다.

　"이제부터 너희의 마음을 들여다보도록 해."

　다닝에 머문 지 닷새째. 원하리는 저녁을 먹기 전에 의식을 시작하겠다고 선언했다. 그러곤 나와 우이재를 마당 평상에 불러 앉히고는 수놓는 도구를 평상 한가운데 쭉 늘어놓았다.

　어차피 매주 금요일이 되면 편지를 받을 수 있을 테니 자수는 놓지 않아도 될 거라 여겼는데, 원하리는 그냥 넘어갈 생각이 없어 보였다.

"마음을 들여다보라고 해도……."

우이재가 난처한 듯 중얼거렸다.

"자수(刺繡)의 '수'는 바늘땀을 사용해 자유롭게 꿰매어 가는 것을 뜻해. 사람은 누구나 마음 한쪽에 구멍이 뚫리는 시기가 와. 그 구멍에 수를 놓는다고 생각해. 거기에 더러움이 쌓이기 전에 예쁜 색색의 실로 수를 놓아 꿰매는 거야. 구멍이 왜 생겼는지를 먼저 들여다봐. 그리고 그것을 메우기에 가장 어울리는 색을 정해. 다음으론 무늬를 정하는 거지."

나는 내 앞에 가지런히 놓인 실 꾸러미를 바라보았다. 정확히는 보는 척을 했다. 빨강이고 노랑이고, 아무것도 눈에 안 들어왔다.

설아에게 남자 친구가 있었다, 남자 친구가.

첫 번째 편지를 받은 후 내 머릿속을 차지하고 있는 건 오직 그 사실뿐이었다.

"재촉할 생각은 없지만, 되도록 빨리 정하는 게 좋을 거야. 편지를 모두 건네준 뒤에……."

"여러분! 바로 이곳입니다!"

담벼락을 타고 넘어온 우렁찬 목소리가 원하리의 말허리를 잘랐다. 다닝의 출입문이 벌컥 열렸고, 마당 안으로 서너 명의 사람들이 우르르 들어왔다. 선글라스를 끼고 한 손에 셀카봉을 든 모습이 누가 봐도 여름휴가를 온 사람이었다. 셀카봉을 든 남자가, 셀카봉에 끼워진 휴대폰을 바라보며 큰 목소리로 떠들었다.

"여러분, 여기가 어딘지 아세요? 인터넷에서 소문이 돌았던 그곳! 귀신 보는 여자가 산다는 게스트 하우스에 왔습니다. 오늘 저희가 여기서 하루 묵으면서 진짜 귀신이 나오는지 알아보려고 합니다."

남자는 마당 한가운데 서서 셀카봉을 이리저리 돌렸다. 휴대폰이 평상 쪽을 향했고, 남자는 신이 난 듯 평상으로 다가왔다.

"오, 이 분이 소문의 영매인 모양인데요. 오늘 숙박 가능하죠?"

원하리는 평상에 앉은 채 높낮이가 거의 없는 차가운 목소리로 말했다.

"나가."

"에이, 왜 이렇게 까칠하세요? 생긴 건 미인이신데!"

"나가라고."

원하리가 자리에서 일어나 평상 위에 섰다. 남자는 자신보다 시야가 높아진 원하리에게 기가 눌린 듯, 한 발자국 뒷걸음질을 쳤다. 검은 로브를 나풀거리며 서 있는 원하리의 모습은 누가 봐도 범상치가 않았다. 남자의 일행이 원하리의 눈치를 살피더니, 남자의 팔을 툭툭 쳤다. 남자는 셀카봉을 내리곤 원하리를 노려보았다.

"어이없네. 장사하려면 나 같은 인플루언서가 촬영해 주면 고맙습니다, 해야지. 놀러 온 김에 콘텐츠 하나 만들려고 했는데 기분만 잡쳤네. 야, 나가자. 이딴 데 촬영해서 손님 늘려 주면 우리만 손해지."

남자는 몸을 돌려 대문을 발로 걷어차고 나갔다. 남자와 함께 들어왔던 일행도 원하리의 눈치를 보며 허둥지둥 남자를 따라 나갔다. 그중 여자 한 명은 미안하다는 듯 원하리를 향해 고개를 숙였다. 원하리는 평상에 도로 앉았다.

"한 명, 다시 올 거야."

예언이라도 하는 듯한 원하리의 말에, 우이재가 내 쪽으로 고개를 돌리고는 속삭였다.

"저렇게 망신당하고 나갔는데, 다시 올 리가 없잖아. 그렇지?"

내가 아무런 대답도 하지 않자, 우이재는 머쓱한 듯 고개를 돌렸다. 그때, 다닝의 출입문이 열리더니 한 여자가 마당으로 들어왔다. 다닝을 나가며 고개를 숙여 보였던 여자였다. 여자는 쭈뼛거리며 평상 앞으로 다가왔다.

"저기, 인터넷에서 봤는데요. 여기서 상대를 생각하면서 자수를 놓으면, 그 마음이 상대방에게 전해진다고 하던데. 진짜인가요? 아까는 죄송해요. 저 혼자 몰래 오려고 했는데, 친구에게 들키는 바람에……. 친구가 요즘 구독자가 줄어서 초조한가 봐요."

"앉아."

원하리의 말에, 여자는 평상에 자리 잡고 앉았다.

"얼마 전에 강아지가 무지개다리를 건넜어요. 제가 일곱 살 때부터 기른, 저한테는 정말 가족이나 다름없는 강아지예요. 대학에 입학해서 자취를 하게 되었을 때에, 외로움을 견딜 수 있던 것도 다 강아지 덕분이었어요. 그 애가 좋은 곳에 갈 수 있게……, 제 마음을 전하고 싶어요."

원하리는 나와 우이재에게 했던 말을 여자에게도 하고는, 책을 펼쳐 보였다. 책을 한 장씩 넘기던 여자의 손이 멈췄다. 그 장에는 우표가 가득 실려 있었다.

"이것도 자수예요?"

"폴리에스테르 천에 수를 놓고, 양면 접착 필름을 뒤에 붙여서 봉투에 붙일 수 있게 한 거야. 자, 강아지를 떠올려 봐. 그 아이에게 어떤 게 어울릴지."

여자는 홀린 듯 책을 들여다보다가 하나를 콕 집었다.

"이거요. 하지만 저, 한 번도 자수를 놔 본 적이 없어요."

여자가 고른 건 귀를 펄럭거리며 뛰어다니고 있는 강아지가 수놓아진 우표였다.

"괜찮아. 간단하거든."

원하리는 상자에서 천과 수틀, 바늘과 실을 꺼내 척척 수를 놓기 시작했다. 작은 고리들의 연결이 하트를 만들었다.

"체인 스티치. 둥그런 고리와 고리가 연결되듯이, 마음이 연결되어 갈 거야. 조금만 연습하면 간단한 무늬는 쉽게 수놓을 수 있어."

여자의 손에 바늘이 쥐여졌다. 한동안 바늘이 천을 뚫는 소리와 멀리서 들려오는 매미 울음소리만이 마당을 가득 채웠다. 나는 무릎을 끌어안고, 여자의 손이 움직이는 것을 봤다.

"자수 우표가 대량으로 생산된 건 2000년대부터야. 우편 시스템의 근대화, 기계 자수의 대중화, 기념우표의 일반화 등의 요소가 맞물린 결과지. 하지만 그 이전에도 누군가는 마음을 전하고 싶은 상대에게 편지를 썼을 거야. 이전에 문맹률이 높았을 때는 자수가 곧 글씨였거든. 과거를 보러 가는 남편에게 건넨 매화를 수놓은 붓집은, 시험 잘 보고 오라고 쓴 편지나 다름없었지. 매화는 겨울을 이겨 내고 피는 꽃이거든."

나는 설아가 내게 건네주었던 부적을 떠올렸다.

'……부적에 수놓아져 있던 그림. 그거 타로 카드에서 따온 거라고 했지. 혹시 그 그림에도 무슨 의미가 있었을까?'

어쩌면 나는 설아가 써 준 편지 한 장을 읽지 못한 채 가지고만 있는 건 아닐까. 눈은 여자를 보고 있는데, 머릿속은 다시 설아로 가득 찼다. 설아의 장례식 이후 언제나 이렇다. 무엇을 하든 결국 설아다. 설아와의 추억, 설아의 죽음, 설아에 대한 서운함과 미안함이 나를 옴짝달싹할 수 없게 만든다.

매미 울음소리가 잦아들었을 때, 여자가 잠시 손을 멈췄다.

"……저요, 강아지가 떠나는 길을 지켜 주지 못했어요. 많이 아팠거든요. 언제 세상을 떠날지 대충 예상할 수 있었어요. 하지만 전 그때 아르바이트를 하고 있었죠. 생사를 오가는 강아지를 혼자 두고 아르바이트를 하러 갔어요. 하루쯤 쉬어도 되는 거였는데 그러지 못했어요. 생활비나 학비 때문이면 이렇게까지 죄책감이 들진 않을 거예요. 하지만 저, 부모님이 충분히 지원해 주시거든요. 그런데…… 친구들하고 어울리려면, 그 돈으로는 부족해서 아르바이트하는 거예요."

여자의 이야기가 이어졌다. 여자는 대학에 가서 새로운 친구들을 사귀었다. 브랜드 옷과 가방을 사는 것이, 한 끼에 십만 원이 넘는 식당에서 밥을 먹는 것이 아무렇지 않은 부유한 친구들이었다. 여자는 그들과 어울리기 위해 아르바이트를 해서 번 돈으로 명품 가방을 빌려 메고 파티 참석비를 냈다. 아픈 강아지가 마음에 걸렸지만 이번 여행비를 벌기 위해 아르바이트를 쉴 수도 없었다.

"금수저인 척을 하고, 무리하면서까지 어울려야 하는 것에 회의감이 들어요. 내 소중한 강아지가 강아지별로 가는 것도 못 지켜보고……. 그렇게 생각하면서도 익숙해질 자신이 없어요. 지금 친구들하고 연을 끊으면 혼자 밥을 먹고 혼자 수업을 들어야 하는걸요."

여자는 매만지던 천을 들어 보였다.

"이것 보세요. 연결을 잘못했나 봐요. 모양이 이상해요."

원하리는 탁자 맞은편에서 여자가 내보인 천을 바라보았다.

"그러네. 잘못 이었군."

"고작 이런 것도 못하다니. 역시 전 안 되나 봐요."

여자의 어깨가 아래로 축 처졌다.

"안 되기는 무슨."

원하리는 평상에 놓인 가위를 집어 들었다. 그러고는 조금의 망설임도 없이 손을 뻗어, 여자의 손에서 수틀을 빼앗았다. 여자가 무어라 할 새도 없이, 원하리는 가위로 여자가 수놓은 실 한가운데를 잘랐다.

"뭘 하는 거예요!"

"자, 봐."

원하리는 수틀을 여자에게 내보였다. 여자가 수놓은 강아지 자수는 멀쩡했다. 단지 몸통 부분의 실이 잘려 삐죽 솟아올라 있을 뿐이었다.

"당겨 봐."

여자는 망설이다가 원하리가 시키는 대로 솟아오른 실을 잡아당겼다. 실이 쑥 빠졌다. 몸통을 이어 가던 뜸 하나가 사라졌지만, 강아지는 여전히 강아지였다.

"······의외로 멀쩡하네요? 한 군데를 끊어 내면 다 망가질 줄 알았는데."

"한 군데 틀린 것쯤 고칠 수 있어. 그렇지?"

원하리는 여자에게 수틀을 돌려주었다. 여자는 수틀을 보며 고개를 끄덕거렸다. 잘라 낸 뜸을 다시 놓는 것으로, 여자의 자수는 완성되었다. 완성한 자수 우표를 가지고 다닝을 떠나는 여자의 표정은, 다닝에 들어올 때와는 완전히 달랐다. 정말로 자신의 마음을 전한 사람처럼 무척 홀가분해 보였다.

"언니, 정체가 뭐예요?"

혹시 원하리는 진짜 영매가 아닐까. 엉뚱하게도 그런 생각이 들었다.

"나? 자수 공예가. 인간문화재의 수제자야. 책도 냈어."

하지만 돌아온 대답은 지극히 현실적이었다.

"아, 그래서구나. 누나와 통화한 후에 아버지가 나 여기서 지내는 거 허락한 이유가. 고등학교 입시 때 자소서에 쓸 만한 게 생겼다고 생각한 거야. 인간문화재……. 아버지가 좋아할 만한 단어네."

우이재가 혼잣말처럼 중얼거렸다. 내가 본 게 정말로 우이재의 일기고, 거기 적힌 게 모두 사실이라면 우이재의 아버지가 다닝에 머무는 걸 쉽게 허락해 줬을 것 같지는 않다.

"아까 하려다 만 이야기를 계속하지."

원하리는 다시 나와 우이재를 마주 보았다.

"편지는 금요일마다 전해 줄 거야. 하지만 조건 없이 전해 주는 건 편지까지야. 미션을 완성하지 않으면 설아가 남긴 마지막 물건은 전해 줄 수 없어."

갑자기 이게 무슨 소리인가 싶었다. 설아가 남긴 마지막 물건
이라니?

"그게 뭔데요?"

우이재도 나처럼 당황한 기색이 역력했다. 설아의 메일이 떠
올랐다.

―나의 마음을 남기고 왔어.

그렇다면, 편지가 설아가 말한 '마음'이 아닐 수도 있다는 거
다. 설아가 남기고 온 마음. 대체 그게 뭘까. 그걸 손에 넣으면,
지금의 이 혼란스러움이 모두 사라질 것만 같았다. 내 앞에 앉아
있는 원하리가 그것을 가로막는 거대한 장애물처럼 보였다.

"내놔요!"

나는 자리를 박차고 일어나, 원하리에게 달려들었다.

"언니가 뭔데 설아가 남기고 간 걸 가지고 미션 어쩌고 하는
건데요? 언니가 뭔데! 내가 어떤 기분인지 알지도 못하면서! 당
장 내놓으라고요!"

나는 앉아 있는 원하리의 어깨를 떠밀었다. 하지만 원하리는
꼼짝도 하지 않았다. 온몸에 독기가 차올라 원하리를 노려보는
나와 다르게 그저 평온해 보였다. 그것이 너무나 화가 났다.

"알아."

원하리의 대답은 단호했다. 원하리는 어깨에 닿은 나의 손목

을 꽉 붙잡아 떼어 내곤 자리에서 일어났다. 원하리는 힘이 셌다. 원하리의 멱살을 잡으려고 발버둥친 것이 무색하게 나는 힘없이 밀려났다.

"잊지 마. 마지막 편지를 받을 때까지야. 마음을 들여다 봐."

원하리는 나와 우이재를 향해 다시 한번 강조하듯 말했다.

"알긴 뭘 알아! 당신이 어떻게 알아!"

나는 원하리를 마주 보며 소리를 지르고, 다닝 밖으로 달려 나갔다. 숨찬 달음박질로 골목을 빠져나가 해변까지 뛰었다. 어디든 좋으니 탁 트인 곳으로 가고 싶었다. 해변에 도착하자마자 바다를 향해 소리쳤다.

"왜!"

뭐야, 쟤는. 왜 저런대. 해변에 있던 사람들의 소곤거림은 나의 목소리에 흡수되어 버렸다. 나는 계속 소리쳤다. 소리치지 않고는 버틸 수가 없었다.

"대체 왜! 왜!"

원하리를 향한 것도, 답을 바라고 내지른 외침도 아니었다. 누구도 내 안에 들끓는 의문에 답해 줄 수 없다는 것을 알았다. 왜 내게 진실을 알려 주지 않지? 왜 내게서 설아를 빼앗아 갔지? 왜 나는 이 순간에도 순수하게 슬퍼하지 못하고 설아에게 서운해하는 거지? 내가 이런 친구라서 설아가 나에게 자기 이야기를 털어놓지 못한 걸까? 설아의 죽음이 자살이 아니라면, 사고사도 아니라면—설아를 죽인 건 대체 누구지?

내지른 것은 풀리지 않은 의문이 섞인 분노였다.

철썩거리는 파도 소리만이 내 분노에 답했다. 한참이나 소리를 내지르자 들끓던 분노가 파도에 휩쓸리듯 몸 안에서 빠져나갔다. 나는 그대로 해변에 주저앉았다.

"나보름."

모래 위에 앉아 멍하니 바다를 바라보고 있는데, 누군가 내 이름을 불렀다. 뒤돌아보니 우이재가 서 있었다.

"넌 왜 여기 있어?"

"너 따라 나왔어."

우이재가 내 옆에 와 앉았다.

"왜 따라 나와?"

나는 우이재를 향해 쏘아붙였다. 우이재는 뾰족한 가시가 솟아난 내 말투에도 아랑곳하지 않고 그저 내 옆에 앉아, 모래만 손가락 사이로 흘려보냈다. 사락사락, 모래 떨어지는 소리가 귓가를 간질였다. 나는 고개를 숙이고 우이재의 손과, 손가락 사이에서 떨어지는 모래를 바라보았다.

"……나, 여기 오기 전부터 나보름 네 얼굴 알고 있었어."

흘러내린 모래가 작은 산이 되었을 즈음, 우이재가 입을 열었다.

"한설아가 네 이야기를 정말 많이 했거든. 네 사진도 엄청 많이 보여 줬어. 한설아랑 강한봄, 둘이 사귀기 시작한 거 3학년 되고도 좀 지나서야. 너한테 말하려고 했는데 타이밍을 놓쳤다고, 여름 방학 때 여행 가서 말할 거라고 했어. 말 안 하려고 안 한 거 아냐."

모래를 만지던 우이재의 손이 멈췄다.

"미안해. 내가 무심코 말해 버려서. 넌 설아에게서 듣고 싶었을 텐데."

나는 고개를 들어 우이재를 봤다. 우이재와 시선이 마주쳤다.

"나, 너무 한심하지? 친구가 죽었는데, 고작 남자 친구 이야기 안 해 준 걸로 화를 내다니. 이젠 나도 나를 잘 모르겠어. 모든 게 너무 혼란스러워."

"……나도 그래."

소프트아이스크림처럼 하얀 우이재의 옆얼굴에 주홍 노을이 어른거렸다. 어느새 해가 지고 있었다. 수평선을 넘어가는 태양이 바다를 주황과 금색으로 물들였다. 그것은 또 다른 세계에서 나타난 바다처럼 보였다. 나는 멍하니 점점 다른 세계가 되어 가는 바다를 봤다.

"나도, 나한테 너무 화가 나서 여기에 오지 않고는 버틸 수가 없었어."

우이재의 목소리에 소금기가 어린 듯 들린 것은 착각일까.

"한설아. 우정 팔찌 만들면서 눈 수놓은 건 자기 거고, 달 수놓은 건 친구 거라고 했어. 친구는 밤하늘에 뜬 달처럼 자기를 비추어 주는 존재라고. 나보름, 네가 있어서 비겁한 선택을 하지 않게 되었대. 한설아도 그렇고, 강한봄도 그렇고 좀 부러웠어. 나는 무서워서 하지 못할 선택을 하잖아. 어떻게 저러나 싶어 약간 질투도 나고. 그래서 나는…… 나보름 너를 만나고 싶었어. 한설아가 보름달이라고 말하는 너는 어떤 사람일까, 궁금했어."

눈이 따끔거리는 건 모래 때문일 것이다.

'……나는 쭉 누군가와 설아에 대해 이야기를 하고 싶었구나.'

분노인 줄 알았던 것은 사실 고여 있던 슬픔이었다.

✕✕✕

두 번째 편지를 받았다. 우이재가 건네준 편지 봉투에는 역시나 공책이 들어 있었다. 우이재의 일기다.

'미디어실에 있었다는 이 휴대폰. 여기에 녹화된 영상을 보면 설아가 어떤 생각을 했는지 알 수 있을지도 몰라.'

일기를 다 읽자마자 우이재의 방문을 두드렸다. 휴대폰에 대해 물어보자, 우이재는 한숨을 쉬더니 방에서 휴대폰을 가지고 나왔다.

"있어, 여기."

나와 우이재는 대청마루에 나란히 앉았다.

"원래 공통으로 쓰던 비밀번호가 있었는데, 아무래도 한설아가 바꾼 것 같아. 패턴도 안 먹혀. 이거 공기계를 촬영용으로만 쓰던 거라 파일이 클라우드에 백업되지도 않거든. 강한봄이 다큐 만들던 파일도 여기에 넣어 놨어. 그래서 일단 가지고 왔는데……. 나보름, 너에게 온 편지에 숫자가 쓰여 있는 거 보고 확신했어. 한설아가 이 안에, 무언가 남긴 게 아닐까."

"그래서 내 편지 보자마자 보여 달라고 한 거구나."

"응, 지금까지 숫자 두 개가 모였어. 비밀번호가 최소 4자리부터니깐, 편지가 다 도착하면 열 수 있지 않을까 싶어."

나는 휴대폰을 손에 들고 만지작거렸다. 꽤 예전 휴대폰이다. 내가 유치원을 다닐 때에 엄마가 사용하던, 두껍고 못생긴 휴대폰. 이 휴대폰 안에 설아가 남긴 무언가 있을지도 모른다.

"왜 나에게 비밀번호를 보낸 걸까?"

물음표가 늘어났다. 우이재의 일기를 읽지 못했다면, 나는 이 휴대폰의 존재 여부도 몰랐을 거다. 만약에 나 혼자 강릉에 왔다면, 우이재가 오지 않았다면 편지를 모두 내가 받도록 되어 있었던 걸까? 아니면 원하리가 편지를 자기 마음대로 나누어 주고 있는 걸까? 휴대폰을 쥔 손에 힘이 들어갔다.

"이대로 기다리고만 있을 수는 없어."

지금 당장 비밀번호를 모아서 휴대폰 안의 영상을 확인하고 싶어 견딜 수가 없었다. 방법이 없는 것도 아니다. 머릿속에 퍼뜩 떠오른 방법.

나는 우이재를 바라보며 비장하게 제안했다.

"우리, 원하리 미행하자."

우이재의 일기

_세 번째

그건 예고편 없이 시작된 영화 같은 거였다.

영·딴·모에 가입한 후 매일 점심시간을 그곳에서 보내게 되었다. 녹화 버튼을 누르고 휴대폰을 향해 혼자 떠드는 것에도 점점 익숙해졌다. 속상한 일이 있을 때에 휴대폰을 향해 털어놓으면, 조금 마음이 가벼워지기도 했다. 나는 그곳에 앉아 주로 강한봄이 외장 하드에 담아 온 영화를 보거나, 휴대폰에 녹화된 강한봄이나 한설아의 영상을 봤다. 강한봄은 미디어실에 남아 있는, 오래되어 작동하지 않는 장비들을 어떻게든 고쳐서 쓸 거라고 기계와 씨름을 했고 한설아는 수를 났다.

영·딴·모. 영화 만드는 척 딴짓하는 모임. 동아리 이름대로 거기서 영화를 만드는 사람은 아무도 없었지만, 나는 가끔 그곳의 매일을 찍고 싶다는 생각을 했다. 혹시라도 내가 나중에 영화를 만든다면, 반드시 이 교실 안의 이야기를 소재로 시나리오를 쓸 것이다. 그 영화는 분명히 따뜻한 청춘 드라마가 될 것이다.

"오늘의 입장료. 어제 엄마와 싸웠어. 보름이랑 전화를 너무 오래 했다고 혼이 났거든. 엄마는 내가 보름이하고 친하게 지내는 걸 별로 안 좋아해.

초등학교 5학년 때의 일이야. 보름이랑 다른 반이 되어서, 쉬는 시간마다 찾아갔어. 근데 반 애들 중에 한 명이 나한테 그러더라. 나보름 엄마, 우리나라 사람 아니니깐 같이 놀면 안 된다고. 말싸움이 시작되었지. 웃긴 게 뭔지 알아? 걔가 아이돌 그룹을 좋아했거든. 근데 걔가 제일 좋아하는 멤버도 혼혈이었어. 부모님 중에 한 명이 호주 사람이었나 그럴 거야. 내가 보름이 험담하면서 그 멤버 좋아하는 거 웃기다고 했더니 펄펄 뛰더라. 그건 다르다고. 대체 뭐가 다른데? 결국 둘이 같이 머리채 붙잡고 복도를 뒹굴었어. 교무실에 불려가서 혼났어. 담임이 엄마에게 전화를 해서, 부모님도 내가 싸운 걸 알게 되었지.

엄마가 왜 싸웠냐고 묻기에 학교에서 일어난 일을 이야기했어. 난 당연히 엄마가 내 편을 들어줄 줄 알았어. 내가 옳다고 믿는 수많은 것을 가르쳐 준 게 엄마였으니깐. 내가 어릴 적에 엄마가 읽어 줬던 책들, 엄마가 내게 해 주었던 말들, 그것들이 모여서 내가 된 거야. 그런데 엄마는 보름이 때문에 싸우는 거 그만둬, 라고 했어. 모른 척하래. 이젠 고학년이니까 공부를 더 열심히 해야 하는데 시간 낭비하지 말라고 말이야. 그때 생각했어. 앞으로 엄마에게 나의 싸움을 말해서는 안 되겠구나, 라고. 슬펐어. 어제 싸우면서도 슬펐고. 엄마는 나한테 도움이 되는 친구를 사귀래. 보름이가 나한테 얼마나 도움이 되는데. 보름이랑 만나서 놀 생각을 하면 기쁘고, 함께 있으면 그걸로 좋아. 그게 도움이 아니면 뭔데?"

"여름에 보름이랑 둘이 강릉 여행을 가려고 계획 중이야. 부모님 설득하려고 프레젠테이션까지 했어. 보름이네 부모님은 분명 허락해 줄 거야. 문제는 우리 부모님이지. 기말고사 때 전교 10등 안에 들면 보내 준다는데, 진짜 마음에 안 들어. 아빠도 엄마도 왜 매번 성적을 거래 조건으로 내거는 걸까? 엄마는 나한테 만날 그러거든. 공부를 하는 건 다 너를 위한 거라고. 하지만 좋은 성적을 받아 오면, 경시대회에서 상을 받아 오면, 그러면 네가 원하는 걸 할 수 있게 해 준다고 할 때마다 회의감이 들어. 나는 정말로 나를 위해 공부하고 있는 걸까? 아빠와 엄마가 원해서 공부를 하고 있는 건 아닐까?"

"이번 여행 때 보름이한테 남자 친구가 생긴 걸 말하려고 해. 아, 어떻게 말을 꺼내지? 강한봄하고 사귀자마자 말을 했어야 하는데! 언제 말을 꺼내야 할지 고민하다가 벌써 삼 개월이나 지났어. 보름이가 화내면 어떻게 하지?"

한설아가 녹화한 영상 대부분에는 '나보름'이란 아이의 이야기가 꼭 들어가 있었다. 소꿉친구라고 했다. 한설아는 자수를 놓는 게 지겨워지면 내게 나보름과 함께 찍은 사진을 보여 주기도 했다. 사진 속 나보름은 보름달처럼 동그란 아이였다. 나보름에 대한 이야기를 듣는 게 꽤 좋았다. 나 같으면 전학을 가서 내가 혼혈이라고 밝히지 못했을 거다. 그 이유로 그렇게나 많이 싸우고 상처받았다면 더욱더. 하지만 나보름은 피하지 않았다. 이야기를 들으면 들을수록 나보름이 멋있게 느껴졌다.

"가끔 보면 남친인 나보다 나보름을 더 좋아하는 것 같아, 넌."

강한봄이 투덜거리자, 한설아는 콧방귀를 뀌었다.

"뭘 당연한 말을 해. 보름이랑 내가 알고 지낸 시간이 얼만데. 나무의 나이테로 따지면 말이야, 나와 보름이는 이미 두꺼운 나무줄기로 자라난 사이라고. 그 나무의 나이테는 몇 겹이고 빙빙둘러져 있겠지. 너랑 나는 이제 막 땅에 심어진 묘목이잖아."

"몇 년쯤 지나야 묘목에서 벗어나?"

"대학교 갈 때쯤?"

"너무 오래 걸리는 거 아니냐, 그거……."

강한봄과 한설아는 꽤 자주 토닥거리는데, 그 토닥거림조차 재미있다.

오늘, 한설아는 친구들과 급식실에서 점심을 먹고 온다고 했다. 강한봄과 단둘이 미디어실에서 점심을 먹었다. 나는 그동안 궁금했던 것을 넌지시 물어보았다. 최준석과 같은 반이 되어서 불편하지 않냐고. 강한봄은 수업 시간에만 교실에 있다가, 쉬는 시간이 되면 어디론가 사라졌다.

"소동 안 일으키려고 그러는 거야. 쉬는 시간에 교실에 있으면 분명 최준석하고 부딪칠 테니깐. 이전에는 학교 오는 것도 재미없고, 그냥 집에서 영화만 만들고 싶었어. 중학교야 의무 교육이니깐 졸업장 따려고 다니지만 딱히 고등학교 가고 싶단 생각도 안 했어. 그냥 검정고시 보려고 했지. 고등학교 가면 또 엄마 직업 가지고 뭐라 하는 애들이 한 무더기일 거 아냐. 그런데 설아랑 알고 지내면서 생각이 좀 바뀌었어."

강한봄은 턱을 긁적거리며 속마음을 털어놓았다.

"설아는 고등학교 가서 여러 가지 경험을 할 거 아냐. 대학교도 갈 테고. 그래서 나도 대학교까지 가려고. 중학교도 지긋지긋하다고만 생각했는데, 학교 안 다녔으면 한설아도 못 만났고 너도 못 만났잖아. 어떤 곳이든, 어떤 경험이든 좋은 부분도 있고 나쁜 부분도 있구나 싶어. 근데 좀 힘들긴 해. 최준석, 1학년 때보단 덜하지만 여전히 반 애들 괴롭히잖아. 이상하지 않냐? 무사히 학교에 다니기 위해서, 다른 사람의 고통을 모른 척해야 한다는 거."

나는 강한봄에게 '고릴라 실험'에 대해 이야기했다. 다른 친구들에게는 한 번도 털어놓은 적 없는 이야기였다. 뭐 그런 이상한 이야기를 하냐고 비웃음만 살 것 같았으니깐. 하지만 강한봄은 내 이야기를 진지하게 들어 줄 것 같았다.

"내 생각에는, 어른들이 고릴라를 보지 못하는 이유, 혹은 보고도 못 본 척하는 이유는 '비교'야. 고릴라를 봤다고, 저 고릴라를 처벌해야 한다고 말하는 것과 말하지 않는 것 중 어느 쪽이 자신에게 유리한지 저울질하는 거야."

강한봄은 내 이야기를 곰곰이 듣더니 그렇게 말했다.

"가해자와 피해자를 저울질한 후에, 가해자가 좀 더 자신의 이익에 부합하는 대상이라면 그가 아무리 고릴라처럼 어슬렁거려도 못 본 척하는 거지."

"고릴라가 폭군이 되어 주변의 모든 것을 때려 부숴도?"

"고릴라도 눈치가 있으니깐 권력이 있는 사람들 앞에서는 얌전한 척을 하겠지."

"최준석 그 자체네."

"앞으로는 고릴라라고 부를까, 최준석."

웃음이 터져 나왔다. 나와 강한봄은 한참이나 웃었다. 미디어실 문이 열리고, 뒤늦게 들어온 한설아가 의아한 듯 물었다.

"너희, 왜 웃어?"

한설아는 어리둥절하게 나와 강한봄을 번갈아 보다가 결국 함께 웃었다. 웃다가 깨달았다. 나는 강한봄을, 한설아를 좋아하는

구나, 하고.

×××

만약에 최준석과 학원 앞에서 마주치지 않았으면 무언가 달라졌을까.

나와 최준석은 같은 학원에 다닌다. 나는 일반 선행 학습반, 최준석은 유학 준비반이라 층수가 달라서 평소에 대화를 나누거나 할 일은 거의 없다. 하지만 건물이 같으니 오가며 얼굴 정도는 보게 마련이다.

오후 6시. 학교가 끝나고 편의점에서 컵라면으로 배를 채우고 바로 학원으로 온 터였다. 최준석이 학원 건물 앞에 서 있는 것을 봤지만 모르는 척 안으로 들어가려 했다.

"야, 지금 당장 오라고. 나, 스트레스 만땅이라 지금 당장 놀아야 돼. 영어 스피치 대회 금상 못 탔다고 꼰대한테 왕창 까였다고. 박윤, 너 많이 컸다? 야, 너네 엄마가 아프든 말든 내가 알 바냐고……. 어, 아니다. 대타 구했다. 오늘은 봐줄게."

휴대폰을 붙잡고 소리를 지르던 최준석이 내 팔을 붙잡았다.

"우이재, 너 잠깐 나 좀 도와줘라."

"……나? 나, 지금 학원 수업 들어가야 하는데?"

"시간 별로 안 걸려. 한 이십 분? 휴대폰 있지?"

또 일회용 핫스팟이 돼라는 건가 싶었다. 어차피 최준석에게 잡힌 이상, 요구를 들어주지 않으면 벗어날 수 없을 터였다. 결국 나는 최준석의 뒤를 따라 학원 엘리베이터를 탔다. 최준석은 가장 꼭대기 층인 5층에서 내려서는, 옥상으로 향하는 계단을 걸어 올라갔다.

'학원 옥상 문 잠겨 있을 텐데.'

하지만 최준석은 너무나 쉽게 옥상 문을 열었다.

"늦었어, 최준석."

"그러게, 재미있는 부분 다 놓쳤다. 너, 스트레스 쌓였다고 해서 준비한 건데."

열린 옥상 문틈으로 모여 서 있는 대여섯 명의 아이들이 보였다. 최준석은 먼저 옥상으로 들어가면서, 내게도 따라 들어오라고 손짓을 했다.

"휴대폰 꺼내, 우이재."

나는 영문도 모르고 휴대폰을 꺼냈다.

"보자. 뭐야? 진짜 벌써 때릴 만큼 때렸네? 이 이상 때리면 너무 티 나겠는데."

"그러니깐 빨리 왔어야지."

"하여간 너희는 성격이 급해서 문제야. 우이재, 지금부터 녹화 시작해. 알았어?"

최준석이 앞으로 나서자, 모여 있던 아이들이 양옆으로 비켜 섰다. 그제야 아이들이 둘러싸고 있던 탓에 보이지 않던 것이 보였다. 최준석이 시킨 대로 녹화 버튼을 누른 채 휴대폰을 들고 있던 나는, 그대로 휴대폰을 아래로 떨어뜨릴 뻔했다.

휴대폰에 찍히고 있는 건 폭력의 희생자였다. 최준석은 흐느끼고 있는, 누구인지 알 수 없는 아이의 등을 걸어찼다. 우리 학교 교복이 아니었다. 학교에서 말썽을 피우지 않을 거라고 떠들던 최준석의 목소리가 되살아났다. 손이 덜덜 떨렸다. 그만하라고 소리를 지르고 싶었지만, 도저히 목소리가 나오지 않았다.

"잘 찍었냐?"

최준석이 내 어깨에 어깨동무를 하듯 팔을 올리고는 휴대폰의 녹화 중지 버튼을 꾹 눌렀다. 나는 최준석이 내 휴대폰에 녹화된 영상을 자신의 휴대폰으로 전송하고, 휴대폰을 내 주머니에 넣을 때까지 손가락 하나도 꼼짝하지 못하고 굳은 채 서 있었다. 내 옆에 선 최준석이 커다란 뱀이라면, 나는 뱀 앞에 선 개구리였다. 최준석이 내게 나가라고 손짓을 해 보인 뒤에야 주춤주춤 뒷걸음질로 옥상을 빠져나왔다.

내가 나가자마자 옥상 문이 닫혔다. 닫힌 문 안에서 흐느낌 소리가 새어 나오는 것만 같았다.

나는 계단을 걸어 내려왔다. 어디로든 가야 했다. 어디로……. 갈 곳이 미디어실밖에는 떠오르지 않았다. 학원 건물을 나와 정신없이 학교로 달려갔다. 달리는 내내 울음소리가 등 뒤에서 쫓아오는 것만 같았다. 학교에 도착해 지하실로 들어서자 연습 중인 밴드부의 음악 소리가 복도 전체에 울리고 있었다. 쫓아오던 울음소리는 그래도 희미해지지 않았다. 미디어실 안으로 다급히 들어가서 휴대폰을 켰다. 녹화 버튼을 누르고 말을 뱉어 냈다. 말을 해야만 했다. 말을 하지 않으면, 방금 전 본 것을 토해 내지 않으면 미쳐 버릴 것만 같았다. 말을 하는 동안 눈물이 줄줄 흘러내렸다.

"뭐야? 너, 왜 이 시간에 여기 있어?"

강한봄이 미디어실 문을 열고 들어올 때 나는 어떤 표정을 짓고 있었던 걸까. 아마도 꽤 처량한 모습이었을 거다. 강한봄이 나를 보자마자, 하던 말을 멈추곤 나를 꽉 껴안은 걸 보면 아마도 그랬을 거다.

✕✕✕

"최준석을 이대로 놔둘 순 없어."

녹화된 영상을 본 한설아의 눈가에 작은 경련이 일어났다.

"걔가 저지르고 다니는 일, 명백한 범죄야. 게다가 또 이재한테 그런 일 시키지 않으리란 보장도 없잖아."

나는 한설아가 나를 탓하면 어쩌나 걱정했다. 너도 비겁하다고, 반항도 하지 않고 다른 사람이 폭행당하는 걸 찍고만 있었냐고. 하지만 한설아는 아주 잠깐, 내 손을 꽉 잡았다가 놓았을 뿐이었다. 잠깐 와닿은 한설아의 손은 따뜻했다. 그 온기가 추위에 오그라든 내 마음 한쪽에 작은 모닥불을 지펴 주었다.

"하지만 방법이 없잖아. 선생님한테 말해 봤자 또 별것 아닌 처벌로 끝날 거야. 학교가 손을 안 써 주는데 경찰이라고 우리 말 들어 줄 것 같지도 않고."

예전에 학폭 뉴스를 볼 때면 이해가 되지 않았다. 쟤들은 왜 주변에 도움을 청하지 않았을까. 부모님에게 말하지 않았을까. 교육청이나 경찰이나 어디든 도와 달라고 하지 않았을까. 나쁜 건 가해자인 걸 알면서도, 나도 모르게 피해자들의 어리석음을 탓했다.

겪어 본 후에야 알았다. 그들이 왜 도와 달라고 하지 않았는지를.

공포는 나와 타인을 무서울 정도로 분리시킨다. 도움을 청한다는 건 도움을 청하는 쪽에 대한 믿음이 있어야 가능한 행위다. 상대가 나의 고통에 공감하고 그 문제를 해결하기 위해 함께 해 줄 거라는 믿음. 공포는 그 믿음을 점점 사라지게 만든다.

학교가 비슷한 사건을 축소해서 덮으려 했던 일이 있는데 어떻게 그 믿음을 가질 수 있을까. 학교와 학생은 개인적인 관계를

맺는 게 아니다. 그건 내가 담임 선생님을 믿고, 믿지 않고 그런 문제와는 다르다. 학교는 시스템이다. 시스템이 제대로 작동한다는 믿음이 없는데, 어떻게 학교에 도와 달라고 하겠는가. 학교라는, 학생에게 가장 가까운 시스템을 믿을 수 없는데 어떻게 더 멀리 느껴지는 교육청이나 경찰을 믿을 수 있을까.

저녁 내내, 나는 고민했다. 아버지에게 말할까? 담임에게? 경찰에 신고를 하면? 하지만 그 어떤 '시스템'도 내게 믿음을 주지 못했다. 가정도, 학교도, 국가도. 내가 믿을 수 있는 건 오직 내 눈 앞에서 나와 함께 머리를 맞대고 있는 두 사람뿐이었다.

"방법이 있어."

강한봄이 허공에 손가락을 튕겼다.

"청소년 다큐 영화제에 출품하자."

"영화제?"

"그걸로 어떻게 최준석을 혼내 주려고?"

강한봄의 계획은 이랬다. 여름 방학 중에 개최되는 청소년 다큐 영화제에 최준석이 저질러 온 폭력을 고발하는 내용의 다큐를 출품한다. 최준석이라고 이름을 밝힐 경우 명예 훼손으로 고소당할 수 있으니 'C'라는 예명을 사용해야 한다. 다큐의 주를 이루는 건 피해자들의 '목소리'다. 최준석의 폭력을 겪은 학교 아이들의 증언을 모아서, 그 목소리를 엮어 다큐로 만드는 것이다.

"청소년 다큐 영화제에는 매년 교육감이 심사 위원으로 참여

해. 예선작부터 영화관 대관해서 외국의 교육 관계자까지 초빙해서 심사를 해. 여기서 입상한 작품 대부분이 외국에서도 좋은 성적을 거두니까 교육감도 중요하게 여기는 행사야."

"그 정도 규모 있는 대회면 출품작 많지 않아? 우리 작품이 눈에 띄지 않을 수도 있잖아."

강한봄은 어깨를 으쓱거려 보였다.

"출품 자격이 까다로워. 인증받은 대회 세 군데 이상 수상 경력이 있어야 하거든. 그런데 내가 워낙 잘나서 그 자격을 갖추고 있다, 이 말이지."

출품만 하면 최준석의 악행을 교육부에 다이렉트로 알릴 수 있는 최고의 방법이었다. 새삼 강한봄이 대단해 보였다.

"하지만 C가 최준석이라는 게 밝혀지지 않으면 결국 소용없는 거 아냐?"

"아니지. 영화 마지막을 '이 작품은 실제 일어나고 있는 폭력의 기록입니다.'라는 문구로 마무리하면 말이야. 교육감은 싫어도 사건 조사를 지시할 수밖에 없을 거야. 어느 학교에서 출품되었는지를 알아보겠지. 그럼 우리 학교로 조사를 나올 거야. 학교 애들이 동요하겠지. 중요한 건, 애들이 영화에 자기들의 목소리가 삽입되었다는 걸 아는 거야. 그럼 조사원에게 더 쉽게 자신들의 피해 사실을 밝힐 수 있겠지."

"……학교에서 일방적으로 처벌을 축소할 수 없게 되겠네."

"최준석의 아버지도 국회 의원이니 미디어에 보도되면 눈치를 보겠지."

얼핏 무모한, 하지만 가능성이 있는 작전이었다. 학교가 권력을 가진 사람의 눈치를 본다면, 또 다른 권력의 힘을 빌리는 것이 가장 확실하다. 하지만 가장 큰 문제가 남아 있었다.

"학교 애들이 피해 사실을 쉽게 말하려고 할까?"

나만 해도, 다른 누군가 최준석에게 폭행을 당한 적 있냐고 물어보면 고개를 가로저을 거였다. 창피하니깐. 상대가 나쁘다는 걸 알면서도 그 말을 그대로 따른 내 모습을 인정하는 게 비참하니까. 물론 최준석에게 보복을 당하는 건 아닐까, 하는 두려움도 이유 중 하나다.

"말하게 만들어야지."

한설아의 말투는 단호했다.

"어떻게?"

"딱 한 명만 오면 돼. 한 명이 물꼬를 트면, 그 뒤론 분명 자기 이야기를 털어놓고 싶은 애들이 찾아올 거야."

✕✕✕

한설아의 말대로였다. 미디어실에서 최준석의 폭력에 대한 증언을 모은다는 소문은 아이들 사이에 은밀하게 퍼져 나갔다. 최준석과 같은 반의 누군가가 벌써 증언을 하러 갔다더라, 하는 소문까지. 그 '누군가'는 나였다. 애들 중 몇몇이 내게 찾아와 물었다. 진짜냐고. 나는 고개를 끄덕거렸다.

"강한봄이 수집하는 거야. 강한봄, 1학년 때 최준석 학폭위에 신고했던 거 알지? 사과문 받아 냈던 것도. 믿을 만하잖아. 증언해도 내 실명이 나오는 것도 아니고. 속 시원하더라."

내가 그렇게 연기를 잘하는 줄은 처음 알았다. 아니면 내 어설픈 연기를 믿고 싶을 만큼, 최준석에 대해 털어놓고 싶은 아이들이 많았던 것뿐인지도 모른다.

미디어실로 찾아오는 사람들이 한두 명씩 생겼다. 지금까지 거의 십여 명의 증언이 모였다. 강한봄은 모인 증언을 토대로 영상 편집을 시작했다. 중간 편집본을 봤는데 당장이라도 C를 찾아내 책임을 묻고 싶은 기분이 솟아오르는 영상이었다.

영화 만드는 척 딴짓하는 모임이었는데, 진짜 영화를 만들게 될 줄이야.

나보름의 이야기
_네 번째

다닝이 위치한 골목에서 왼쪽으로 꺾어 한 블록, 2차선 도로 옆 인도를 쭉 따라 걷는다. 인도의 끝에서 다시 오른쪽으로 꺾어 들어가면 공사가 중지된 공터가 나오고, 그 공터를 지나 드문드 문 서 있는 가게 옆 폭 좁은 골목과 골목을 구불구불, 정신없이 지난다.

이때부터가 문제다. 담벼락이 무너진 녹색 대문집 앞. 두 눈을 부릅뜨고 원하리의 등 뒤를 쫓았지만, 녹색 대문을 도는 순간 원 하리는 또다시 사라져 버렸다.

'아니, 진짜 귀신이야? 왜 꼭 여기 와서 사라져?'

주변을 두리번거렸다. 그래 봤자 아무것도 없다는 건 지난 나흘간의 경험으로 잘 안다.

특명. 원하리를 쫓아라!

원하리를 미행하자, 는 내 제안에 우이재는 얼빠진 표정을 지었다. 나는 혼신의 힘을 다해 우이재를 설득했다. 원하리가 편지를 가지고 있는 건 분명하고, 금요일 아침마다 어딘가를 다녀와서 편지를 주는 걸 보면 편지는 다닝이 아닌 다른 어딘가에 보관되어 있을 가능성이 높았다.

그렇다면 굳이 이 주나 더 기다릴 것 없이 그곳을 찾아내서 몰래 편지를 들고 나오면 될 일. 그럼 바로 휴대폰 안의 영상을 확인할 수 있었다. 설아가 편지 이외에 남겼다는 '마음'이 무엇인지도 알 수 있을 터였다. 결국 우이재는 내 제안을 받아들였다. 원하리는 한 명, 나와 우이재는 두 명이니 당연히 미행에 성공할 줄 알았다.

······그런데 웬걸. 미행은 연이어 실패만 기록하고 있다.

원하리는 매일 새벽에 어딘가로 사라졌다가 아침 먹을 즈음에 돌아온다. 그러곤 아침을 먹고 다시 집을 나섰다가 저녁 6시가 되면 도로 귀가하는 패턴이다.

미행 첫날은 뜬눈으로 밤을 새우고 있다가, 원하리가 집을 나서는 소리가 들리자마자 따라 나갔다. 둘째 날은 아침을 먹은 뒤에 따라 나갔다. 원하리가 향하는 곳은 늘 같았고, 나와 우이재가 원하리를 놓치는 곳도 늘 같았다. 원하리는 정말 귀신처럼 녹색 대문집의 코너를 돈 순간 어디론가 사라졌다. 혹시 녹색 대문집 안으로 들어간 것은 아닌가 해서 무너진 담벼락 너머를 기웃거리다, 대문 안으로 한 발자국 들어가 보기도 했다. 녹색 담벼락 집은 폐가인 듯 안에는 아무도 없었다. 원하리도 없었다. 녹색 대문집 왼쪽으로 돌면 길은 끝나 있고, 지금은 사용하지 않는 듯 때가 낀 음료 자판기가 하나 있을 뿐이었다. 오른쪽으로 돌면 상추가 심어진 텃밭이 있었다. 어느 쪽이든 원하리가 사라질 만한 곳은 없었다.

결국 또 허탕이다. 나와 우이재는 터덜터덜 왔던 길을 되돌아 걸었다.

마당으로 들어선 순간, 이제는 익숙해져 버린 목소리가 날아와 귀에 꽂혔다.

"어디 갔다 와요? 오늘 점심 뭐예요?"

목소리의 주인은 평상에 두 발을 뻗고 앉아 있는 여자아이, 김나현이다.

"우리, 여기 직원 아니고 손님이라고 했잖아."

나는 짜증을 내며 대청마루로 올라갔다.

"누가 직원이래요? 그냥 밥 뭐 먹을 거냐고 물어본 거뿐이잖아요. 근데 여기는 이렇게 손님이 없어서 장사가 돼요? 사기꾼은 뭐 해서 돈 벌어요? 우리 가게는 엄청 바쁜데. 방학하고 난 후부터는 아빠랑 엄마랑, 둘 다 나한테 만날 가게 나와서 일 도우라고 해서 짜증 나요. 난 놀고 싶은데. 그래도 용돈을 주니까 일하러 가긴 하지만. 돈 모아서 서울에서 열리는 오디션 보러 갈 거거든요."

내가 짜증을 내든 말든, 김나현은 조잘조잘 자기 할 말만 떠들었다.

김나현. 중학교 1학년. 매일 오전 11시쯤 다닝에 찾아와서 오후 1시쯤 되면 떠나간다. 대청마루에 앉아 있거나 마당 한쪽에서 춤을 추거나 하다가, 나와 우이재가 점심을 준비해 먹으면 자기도 밥을 퍼 와서 함께 먹었다. 그 행동이 너무나 자연스러워서 처음에는 원하리의 친척인 줄 알았다.

하지만 원하리 왈, "모르는 애야. 한 일주일 전에 갑자기 나타났어."라고 했다. 다닝이 카페도 아니고 게스트 하우스인데 그건 좀 이상하지 않냐고 물었더니 "잠깐 있을 곳이 필요한가 보지."라는 대답뿐이었다.

'이 게스트 하우스, 이렇게 대충 운영해도 괜찮은 걸까.'

대청마루에 앉아 '다닝'에 대해 찾아보았다. 의외로 여행 커뮤니티에서 꽤 유명했다. 한 번에 한 팀의 예약만 받고, 예약 가능한 기간은 한 달이 최대치다. 머무는 동안은 다닝의 규칙을 철저히 지켜야 하고, 안에서 일어난 일을 인터넷에 올리거나 하는 것은 금지다. 사진 촬영이나 녹화도 금지. 알려진 규칙은 단 하나다. 다닝에 머무는 동안 자수 작품 한 점을 완성할 것. 다닝에서 수를 놓으면 헤어진 사람에게 마음을 전할 수 있다느니, 죽은 사람을 꿈에서 볼 수 있다는데 진짜냐 하는 댓글이 커뮤니티에 줄줄이 달려 있었다.

'……정말로 꿈에서 설아를 만날 수 있을까?'

설아가 내 눈 앞에 나타난다면, 당장 어떤 말을 하게 될까. 미안하다고? 보고 싶었다고? 아니다, 그건 거짓말이다. 원하리의 이야기를 듣자마자 내 머릿속에 떠오른 것은 미안함도 그리움도 아니었다.

─왜 내게 아무 말도 하지 않았어? 왜 멋대로 사라진 거야?

원망이었다. 그 사실을 깨달은 순간, 내 자신이 견딜 수 없이 싫어졌다. 나는 크게 한숨을 내쉬며 무릎에 얼굴을 파묻었다.

"왜 그래? 괜찮아?"

평상에 앉아 책을 보던 우이재가 허둥지둥 일어나 내게로 다가왔다.

"괜찮아! 멀쩡해."

우이재의 반응이 너무 빨라서, 오히려 놀랐다. 우이재는 내가 괜찮다고 몸을 일으킨 후에도 안절부절못하며 내 옆을 떠나지 못했다. 바닷가에서 함께 해가 지는 걸 본 이후, 우이재와 부쩍 가까워진 기분이다. 고작 일주일 전에 담벼락에 나란히 서서 어색하게 한 마디도 주고받지 않던 것이 거짓말 같다. 우이재의 일기를 읽었기 때문일지도 모른다.

"무슨 책 읽어?"

나는 우이재가 걸터앉아 있던 평상으로 향했다. 우이재가 읽다가 덮어 놓은 책 표지가 눈에 익었다. 원하리가 자개 서랍장에서 꺼냈던 책이다. 마음으로 무늬를 살펴보라며 펴 보였던 그 책. 나는 책을 집어 들고 우이재가 보던 페이지를 펼쳐 보았다. 한 페이지 가득 눈꽃 모양 자수가 실려 있었다.

"심심해서 봤는데 자꾸 눈길이 가더라고."

우이재가 내 옆에서 뺨을 긁적거렸다.

"한설아가 가방이나 옷에 자기 이름 대신 이런 무늬를 수놓아 뒀잖아. 한설아, 자기 이름 좋아했어."

"알아, 눈이 내리면 세상이 새하얗게 되는 게 예쁘다고."

―보름달은 가을을 연상시키니깐 가을과 겨울은 단짝일 수밖에 없잖아.

설아의 그 말 때문에 나도 내 이름을 좋아하게 되었다. 그때의 기억이 떠오르자 코끝이 시큰해졌다.

"한설아하고 강한봄, 이름 궁합이 85점이었어."

기억이 몰고 온 슬픔에 잠기려던 나를 건져 올린 건, 우이재가 불쑥 던진 말이었다.

"······설아답네. 설아, 은근히 주술 마니아야."

진지하게 공책에 이름을 쓰고 획수를 세고 있었을 설아를 상상하자 웃음이 나왔다. 내가 웃자, 우이재가 눈에 띄게 안도하는 것이 보였다.

'나를 위로하려고 애쓴 거구나.'

나는 주머니에서 설아가 줬던 부적을 꺼냈다. 이사를 가던 날 설아가 내게 주었던 부적은 강릉에 내려올 때부터 계속 몸에 지니고 있던 터였다.

"이것도 설아가 나한테 만들어 준 거야."

"역시 한설아, 엄청 잘 만들었네."

우이재가 내 손바닥 위에 놓인 부적을 들여다보던 때였다.

"뭐예요, 그거?"

내 손바닥 위에 놓인 부적이 순식간에 사라졌다. 김나현이었다. 다닝의 운영이 어떻든 나와는 상관없다. 중요한 건 김나현이 귀찮게 군다는 거다.

김나현은 나와 우이재를 볼 때마다 질문을 퍼부었다. 서울에서 왔냐, 서울 어디를 가면 연예인을 엄청 많이 볼 수 있다는데 진짜냐, 아이돌 누구 좋아하냐 등등. 그러더니 이젠 부적에도 손을 대다니, 화가 치솟았다.

"무슨 짓이야!"

나는 김나현의 손에서 휙, 다시 부적을 빼앗아 왔다.

"왜 그렇게 화를 내요?"

김나현은 멀뚱히 나를 바라보았다. 정말로 잘못한 게 없다는 듯한 김나현의 표정에 기가 질렸다. 평상을 떠나 방으로 들어가려 할 때였다.

"부적에 수놓아진 거 타로 카드 그림이죠? 그거 보려고 한 것뿐이에요."

김나현의 말이 내 발걸음을 붙잡았다.

"……너, 타로 카드에 대해 잘 알아?"

"그럼요! 타로 점 쳐 드릴까요? 제가 사기꾼보다 훨씬 잘 볼걸요?"

김나현은 신이 난 듯이 평상 위에 던져 놓아둔 자신의 가방을 열었다.

"자꾸 사기꾼이라고 하는데 그거, 원하리 언니 말하는 거지? 이 게스트 하우스 주인. 왜 그렇게 불러?"

"학교 애들 전부 그렇게 불러요. 여기 게스트 하우스 주인이 영매라고 소문내면서 손님 끌어 모은다고요. 점 보러 오는 사람도 있고, 굿하러 오는 사람도 있다던데요. 죽을상으로 여기 들어갔던 사람이 엄청 후련한 표정으로 돌아가는 거 본 사람 많아요."

김나현은 가방에서 타로 카드를 꺼내더니 척척 섞었다.

"원하리가 진짜 영매든 아니든, 사기꾼이라고 부르는 건 좀 아니지."

"뭘 그렇게 진지해요? 그냥 장난삼아 그렇게 부르는 거예요."

장난삼아. 나를 괴롭히던 애들이 툭하면 했던 말이다. 절로 미간이 찌푸려졌다.

역시 김나현, 이 애는 나와는 안 맞는다. 이런 타입과는 도저히 친해질 수가 없다.

"여기서 일곱 장 뽑으세요. 뽑으면서 어떤 문제를 해결하고 싶은지 생각해요."

김나현이 나를 향해 카드를 내밀었다.

"별로 볼 생각 없는데. 타로 카드."

"왜요? 저, 진짜 잘 봐요. 제가 쓰는 카드도 엄청 특별한 거예요. 이게 마이너 카드라고, 장수가 많아서 보통 쓰는 메이저 카드보다 훨씬 어렵고 섬세하거든요. 학교에서 애들도 만날 저한테 타로 점 봐 달라고 해요."

나는 그저 부적에 수놓아진 그림이 뭔지 알고 싶을 뿐이다. 하지만 자꾸만 카드를 내미는 김나현의 기세에 일단 점을 보기로 했다. 김나현은 내가 뽑은 카드 일곱 장을 육각형 모양으로 늘어놓았다.

"자, 그럼 리딩을 시작할게요. 일단 가장 맨 아래 카드. 이건 현재 처한 상황이에요. 여기 인물이 지팡이 두 개를 가지고 있잖아요. 이게 완드 2번 카드예요. 그런데 역방향이네요. 그러니깐…… 언니의 지금 상태는 엉망이네요. 기다리는 소식이 오지 않는 상태예요. 혹시 남자 친구랑 싸웠어요? 그런 거면 쓸데없는 자존심 세우지 말고 언니가 먼저 연락해요. 연락 안 올 테니깐."

시비를 거는 건 아닌가 싶게 거친 말투와 내용이었다. 이게 타로 카드 리딩이라면, 타로 카드를 보는 사람들은 전부 다 욕쟁이 할머니의 후계자다. 하지만 평소 김나현의 말투를 고려해 보면, 타로 카드가 문제가 아니라 그냥 이 애의 말투가 좋지 않은 것뿐일 확률이 높았다.

"그리고 오른쪽 카드는 지금 언니의 감정 상태, 혹은 대인 관계를 보여 주는 카드예요. 와, 언니 인간관계 진짜 안 좋은가 보다. 소울메이트도 언니를 떠날 가능성이 있다는데요? 하긴, 언니좀 사람이 차가운 것 같아요. 싸가지 없어 보인다고 해야 하나."

"야, 그만."

나는 김나현의 말허리를 잘랐다. 한동안 잠들어 있던 쌈닭의 본능이 되살아났다.

"너, 말을 왜 그렇게 밉게 해? 학교 친구들한테도 타로 카드 봐 줬다더니 네 친구들 성격 좋나 보다. 나 같으면 타로 카드든 뭐든 엄청 화냈을 텐데."

김나현의 얼굴이 새빨갛게 달아올랐다.

"뭐가요? 전 책에 적힌 대로 해석한 거예요."

"그럴 거면 그냥 책을 읽지, 점을 왜 봐? 너 완전 엉터리구나."

"엉터리라니, 언니가 뭘 안다고 그래요!"

김나현은 늘어놓은 타로 카드를 가방에 마구 쓸어 담았다. 그러고는 거친 몸짓으로 평상 아래로 뛰어 내려갔다.

"이딴 데 다시 오나 봐라!"

김나현은 버럭 소리를 지르고는 다닝을 나갔다. 나는 혀를 차고 내려놓았던 책을 집어 들었다. 아직 가라앉지 않은 쌈닭 본능을 잠재우기 위해 팔랑팔랑 몇 장인가 책장을 넘겼다. 그러다 한곳에서 손이 멈췄다. 별자리를 형상화한 자수 무늬가 그려진 페이지였다.

'염소자리. 설아의 별자리도 있네.'

……내 별자리는 염소자리네. 여기 봐, 염소자리에 얽힌 이야기 엄청 멋있어. 머리에는 뿔이 달려 있고 하반신은 염소의 발 모양이었던 판. 주변과 다른 외모 때문에 이해받지 못하던 판은 어느 날 제우스의 파티에 참석하게 됩니다. 즐거운 파티가 이어지던 중 거인 무리가 파티장에 난입해요. 모두가 나비나 새로 변신해 도망을 갔죠. 판도 물고기로 변해 강으로 뛰어들었죠. 너무 급하게 변신하는 바람에 반은 염소, 반은 물고기인 채로 허둥지둥 도망쳤죠. 하지만 도망치던 판은 미처 도망치지 못한 신들이 거인족에 공격당하고 있는 걸 봅니다. 판은 강에서 뛰어 올라와 뿔피리를 불었죠. 피리에서 나온 무시무시한 소리에, 엄청난 군대가 온 것으로 착각한 거인족은 도망쳤어요. 제우스는 그 일을 기리기 위해 판의 모습을 딴 별자리를 만들었다고 해요. 그게 염소자리입니다. 반은 물고기의 모습이기 때문에 바다염소(Sea-goat)자리라고도 불린다고 해요. 위험을 무릅쓰고 모두를 구하다

니. 난, 판처럼 되고 싶어.

신이 나서 별자리 책을 내게 읽어 주던 설아의 목소리가 생생하게 떠올랐다.

'설아가 판이 되었으면 별이 되었을 수도 있겠구나.'

나는 한참이나 염소자리 자수를 바라보았다.

✕✕✕

또다시 금요일이 되었다. 오늘도 아침 미행은 실패였다. 원하리는 녹색 대문 앞에서 홀연히 사라졌다가 아침 식사 시간 전에 짠 하고 나타나 편지를 건네주었다. 이번에도 내 편지 봉투 안에는 숫자가 적힌 종이와 폴라로이드 사진이 들어 있었다.

액자를 찍은 사진이었다. 자세히 들여다보니 액자 안에 끼워져 있는 건 내가 이사를 가던 날 아침에 설아와 함께 찍은 사진이었다. 사진을 찍은 사진이라니, 어쩐지 묘했다. 나는 사진을 주머니에 넣고 숫자가 적힌 종이만 다시 편지 봉투에 넣었다.

"이번에도 교환할 거지?"

나는 우이재에게 편지 봉투를 내밀었다. 우이재는 자신에게 온 공책을 심각한 표정으로 보고 있다가 내가 손을 내밀자 흠칫 놀라며 뒷걸음질쳤다. 이제까지 보인 적 없는 반응이었다.

"왜 그래?"

우이재는 고개를 푹 숙인 채 내게 편지 봉투를 건넸다.

"……이걸 보면, 날 싫어하게 될지도 몰라."

내가 편지를 받아들자마자, 우이재는 도망가듯 자기 방 안으로 사라졌다. 방문을 두드려도 열어 주지 않았다. 점심시간이 되어도 방 밖으로 나오지 않았다.

결국 우이재와 대화하기를 포기하고, 방에 들어가 편지 봉투를 열었다.

우이재의 세 번째 일기가 그 안에 있었다. 정신없이 읽어 내려 갔다. 다 읽고 나니 왜 내게 그런 말을 했는지 알 수 있었다.

'내가 이걸 읽고 너를 싫어하게 될 리가 없잖아, 우이재.'

우리는 다른 시간에 같은 부끄러움을 껴안고 있었다.

✕✕✕

누구에게도, 설아에게도 이야기하지 못한 비밀이 있다.

초등학교 3학년 때 따돌림을 당했다. 설아와 처음으로 다른 반이 된 해였다. 그래도 큰 걱정은 하지 않았다. 이미 나와 설아 는 학교에서 유명했다. 초등학생의 놀림이란 패턴이 정해져 있 게 마련이고, 많은 경우 말 잘하는 사람이 이긴다. 초등학교 저

학년 때는 남자든 여자든 신체적인 힘도 비슷하니깐. 그때 즈음에는 나도 설아만큼은 아니어도 제법 조리 있게 말하는 법을 익힌 터였다.

하지만 3학년 때 따돌림을 주도한 그 애와는 싸울 수조차 없었다.

그 애는 반에서 가장 몸집이 컸다. 또래 애들보다 머리가 두 개 정도는 위로 솟아올라 있었다. 담임과 나란히 서도 별반 덩치 차이가 나지 않을 정도였다. 몸집만 큰 게 아니라 싸움도 잘해서 별명이 '핵주먹'이었다.

학기 초에 학부모 공개 수업의 날이 진행되었다.

"나보름, 너희 엄마는 왜 그렇게 이상한 말 써?"

공개 수업 다음 날 핵주먹이 내게 그렇게 말했다.

"이상한 말?"

"마이 꼰카이? 그게 뭐야?"

"그게 왜 이상해? 우리 딸, 이란 뜻이야. 너희 엄마는 너한테 마이 달링, 이러더만. 아들한테 달링이라고 하는 게 더 이상해."

"꼰카이는 영어가 아니잖아!"

"베트남 말이야. 우리 엄마는 베트남 사람이니까 베트남 말 쓰는 건데 뭐가 이상해?"

"베트남 사람이면 티를 내지 말아야지, 왜 그렇게 티 나게 막 말을 하냐고. 우리 엄마도 이상하다고 했어. 창피한 줄도 모른다고."

"왜 창피해? 영어도 베트남어도 다 외국어야."

"야, 영어랑 베트남어가 같아? 영어는 국제적으로 다 쓰는 거고, 베트남어는 못사는 나라에서만 쓰잖아. 영어 쓰면 글로벌한 거지만, 베트남어는 아무 쓸모가 없다고 그랬어."

나는 놀란 듯, 입을 한 손으로 가렸다. 일부러 과장된 표정을 지어 보이는 스킬은 엄마에게서 배웠다. 마이 꼰카이, 엄마가 나를 그렇게 부를 때면 "우리나라 말도 제대로 못하면서 왜 여기서 살아."라고 타박하는 사람들도 있었다. 그럴 때면 엄마는 그 사람에게 다가가 유창한 영어로 말을 걸었다. 그러면 그 사람은 엄청 놀란 표정으로 엄마를 보며 어버버, 말을 더듬다가 슬그머니 사라졌다.

엄마는 내게 말했다. 절대 저런 사람은 되지 말라고. 누가 어떤 국적을 가지고 있고 어떤 언어를 사용하든, 그게 타인을 존중하지 않아도 되는 이유는 될 수가 없다고 했다. 엄마의 말은 어린 내게는 너무 어려워서 전부 이해할 수는 없었지만 그럴 때의 엄마의 말투나 표정이 멋있었기 때문에 잘 보아 두었다가 싸울 때 써먹어야지, 하고 마음먹었다.

"그럼 우리나라 말도 영어보다 덜 글로벌하니깐 쓸모없는 말이겠네? 너랑 너희 엄마 둘 다 그거구나, 문화 사대주의. 으, 완전 촌스러워."

초등학생의 말싸움은 어려운 단어를 쓸 줄 아는 쪽이 이기게 되어 있었다. 핵주먹은 말문이 턱 막힌 듯 새빨개진 얼굴로 나를 노려봤다.

이겼다, 라고 의기양양하게 어깨를 쫙 폈을 때였다.

갑자기 내 몸이 붕 떴다. 대체 무슨 일이 일어난 건지 판단하기도 전에, 나는 교실 뒤 사물함에 등을 부딪혔다. 등이 깨질 듯이 아팠다. 핑핑 도는 시야에, 허리에 손을 얹고 나를 내려다보는 핵주먹이 들어왔다. 핵주먹이 내게 달려들어 몸통 박치기를 한 거였다.

"앞으로 나보름하고 노는 애는, 다 나한테 맞을 줄 알아."

그때부터 핵주먹의 괴롭힘은 폭력을 동반한 것이 되었다. 핵주먹은 툭하면 내 머리나 등, 어깨를 때렸다. 반 애들도 핵주먹의 폭력이 무서워 나를 외면했다. 일대 일, 혹은 서너 명의 괴롭힘과 맞서 싸운 적은 있었으나 반 전체가 내게 등을 돌린 것은 그때가 처음이었다.

나는 버텼다. 설아에게도, 엄마에게도 말하지 않고 그 폭력을 그저 버텼다. 그 일방적인 폭력은 여름 방학 전에 핵주먹이 전학을 가면서 갑자기 끝났다. 반 애들은 언제 나를 따돌렸냐는 듯 내게 말을 걸었다. 나도 아무 일 없었다는 듯이 반 아이들과 어울려 지냈다.

그렇게 폭력에 대한 나의 첫 공포는 비밀이 되었다.

그렇기에 나는 우이재의 일기 속의 고백을, 최준석에게 맞서지 못한 상황을 탓할 수 없었다. 너무나 이해가 되었으니까. 내가 잘못한 건 없다. 머리로는 알지만 폭력에 맞서지 못했다는 죄책감은 부끄러움이 되어 한참이나 나를 괴롭혔다.

　'……부끄러워해야 하는 건 나나 네가 아닌데, 그렇지?'

　그날 밤 꿈을 꿨다. 꿈속에서 나는 설아와 같은 학교를 다녔고, 영·딴·모의 멤버였다. 설아와 나, 강한봄, 그리고 우이재는 미디어실에 다 같이 모여 앉아 있었다. 휴대폰에 녹화된 영상을 함께 보며 깔깔 웃었다. 그러다 잠에서 깨어났다.

　행복하고도 슬픈 꿈이었다.

우이재의 일기
_네 번째

언제나처럼 교실의 뒷문을 연다. 하지만 오늘도 강한봄의 자리는 빈 채다. 강한봄의 자리를 지나쳐 내 자리로 가 앉았다.

일주일 전, 강한봄이 사고를 당했다. 그날 조회가 시작되도록 강한봄의 자리는 비어 있었다. 이전에도 지각하던 일이 잦았던 강한봄이기에 반 누구도 크게 신경 쓰지 않았다. 나도 그랬다. 또 전날 밤에 영상 편집을 하다가 늦잠을 잤구나 여겼다.

"강한봄이 의식 불명 상태라는구나."

그렇기에 담임의 입에서 그 말이 나왔을 때, 처음 떠오른 생각은 '누구라고?'란 거였다. 누구든 그럴 거다. 어제 멀쩡히 잘 들어가라고 손을 흔들고 헤어진 친구가 다음 날 아침에 갑자기 의식 불명이라고 하면 누가 그걸 단번에 믿을 수 있을까.

"갑작스러운 사고 때문에 강한봄 부모님도 경황이 없을 테니 괜히 연락하지 말도록 해. 중환자실 입원 중이라 어차피 면회도 안 돼. 단순 사고니깐 괜히 쓸데없는 소문 퍼지지 않게 다들 입단속 잘하고. 너희 이젠 중3이다. 어린애가 아니야."

소문이라는 게 막는다고 막아질 리가 없었다. 그날 점심시간이 되기도 전에 학교에는 강한봄의 사고에 대해 온갖 소문이 떠돌았다. 자살 시도를 했다더라, 교통사고라더라, 패싸움을 했다더라 등등. 나와 한설아는 점심시간이 되자마자 미디어실에 모였다.

"대체 무슨 일이지?"

"모르겠어. 어제 저녁에 학원 끝난 직후에도 나랑 메시지 주고받았어. 밤 9시 넘어서. 그때까지도 멀쩡하던 애가 의식 불명이라니?"

한설아의 눈가가 새빨갰다. 애써 눈물을 참는 기색이 역력한 모습에 나도 눈물이 터질 것만 같았다.

그날부터 일주일. 강한봄의 사고에 대한 소문은 금세 사그라졌고, 간간이 미디어실을 찾아오던 아이들의 발걸음은 완전히 끊겼다. 강한봄도 없는데 미디어실에 가는 걸 들켰다가 최준석에게 밉보이면 어떻게 하냐는 게 이유였다. 한설아는 틈틈이 학교 주변 상가를 돌아다니면서 강한봄의 사고에 대해 무언가 본 사람이 있는지 찾아다녔다.

"뭔가 이상해."

한설아는 슬프다기보다는 화가 난 듯 보였다.

"병원은 왜 안 알려 주는 건데? 만약 사고가 난 거면 다른 애들이 조심하게 어디서 어떤 사고였다, 이 정도는 알려 주는 게 맞잖아. 학교가 무언가 숨기려 하는 것 같아."

한설아의 말대로다. 무언가 석연치가 않다. 나는 강한봄의 빈자리를 물끄러미 바라보았다. 저 자리는 저렇게 비어 있어서는 안 된다. 당장이라도 강한봄을 찾아가서 정신 차리라고, 제발 돌아오라고 말하고 싶었다. 면회가 안 된다면 병원 앞에서라도 외치고 싶었다. 내 목소리를 듣고 강한봄이 기적처럼 깨어날 수도 있는 것 아닌가. 그런 기적이 일어나지 않을 걸 알지만 뭐라도 해야만 했다.

'……역시, 강한봄의 집에 가 보자.'

결심했다. 이 이상 가만히 있을 수만은 없다.

✕✕✕

강한봄의 집 초인종을 몇 번이고 눌렀지만 문은 열리지 않았다. 나는 계단에 가방을 끌어안고 앉았다. 한설아도 내 옆에 앉았다. 나와 한설아는 나란히 앉아 계단 끝을 보며 묵묵히 앉아 있었다.

"이상해."

한설아가 중얼거렸다.

"지금 이 순간이 너무 꿈같아, 지독한 악몽."

나도 그래. 그렇게 말하려다가 그만뒀다. 나보다 한설아가 더 슬프지 않을까. 그런 생각에 손만 꼼지락거리게 됐다.

"더 이상 찾아오지 말라고 했잖아!"

날선 목소리가 빌라 바깥에서 안쪽으로 날아 들어왔다. 한설아와 잠시 마주 보고 상의라도 한 듯 후다닥 일어나 한 층 위 계단으로 올라갔다. 계단 난간 너머로 고개를 내밀어 아래층을 내려다봤다. 한 여자가 성난 발걸음으로 빌라 안으로 들어왔다. 한눈에 강한봄의 어머니라는 걸 알 수 있었다. 처음 만난 사람이 봐도 모자지간이라는 걸 알 수 있을 정도로 강한봄과 얼굴이 닮아 있었다.

"어머니, 진정하세요. 억지를 부려도 달라지는 건 없습니다."

그 뒤를 따라 들어온 남자는 놀랍게도 우리 반 담임이었다.

"억지? 억지라고?"

"우리 학교 학생이 범인이라는 증거가 하나도 없잖습니까. 학교에서 학폭이 있었다는 증거도 없고요. 경찰에서도 자살 시도로 결론 내렸잖습니까. 괜히 일 키우지 마세요."

"우리 애가 자살 시도 같은 걸 할 이유가 없어. 그것도 한 번도 가 본 적 없는 상가 건물에서 뛰어내린다고? 그게 말이 돼?"

"자살을 할 이유야 뭐……. 가정환경을 비관했을 수도 있죠."

"뭐라고?"

강한봄의 어머니가 두 손을 꽉 움켜쥐었다. 내 옆에서 작은 기계음이 났다. 옆을 보니 한설아가 자신의 휴대폰으로 아래를 찍고 있었다.

"신발을 신은 채 있었어."

신발이 왜? 나와 한설아는 눈빛을 교환했다. 한설아도 강한봄의 어머니가 무슨 뜻으로 그런 말을 한 건지 모르는 눈치였다.

"어머니, 그건 억지예요. 신고 뛰어내릴 수도 있죠."

"유서도 없었다고!"

"어쨌든 경찰서 찾아가는 건 그만두세요. 누가 그랬다는 증거도 없잖아요? 괜한 수고하지 말라고 말씀드리는 겁니다. 자꾸 학폭이니 뭐니 하시면, 학교 측에서 명예 훼손으로 대응할 수밖에 없습니다."

담임이 빌라 밖으로 나갔고, 강한봄의 어머니가 그 뒤를 쫓아 나갔다. 잠시간 아래를 살펴봤지만 두 사람은 돌아오지 않았다. 한설아와 함께 재빨리 빌라를 나왔다. 정신없이 뛰어서 귀신 빌라가 있는 골목을 빠져나왔다. 숨이 가빴다.

"들었지? 자살이라니. 너, 강한봄하고 자살이란 단어가 어울린다고 생각해?"

"아니, 절대."

나와 한설아는 골목 끝에 있는 편의점 앞에 놓인 탁자에 앉아 숨을 돌렸다.

"아줌마 말이야, 한봄이가 의식 불명이 된 게 학교와 관련 있다고 생각하는 것 같지? 경찰서에 찾아간다는 이야기도 나왔고."

"……정리하자면 이거네. 강한봄은 7층 건물에서 떨어져서 의식 불명이 되었어. 학교와 경찰에서는 자살 시도로 이 사건을 처리하려고 해. 강한봄의 어머니는 절대 아니라고, 학교 폭력 문제로 강한봄이 피해를 입었다고 생각해. 하지만 증거는 없지."

한설아는 아랫입술을 꽉 깨물고 자리에서 벌떡 일어났다.

"소문을 모으자."

"뭐?"

"우리가 최준석의 폭력에 대한 소문을 모은다는 건 이미 학교 애들이 다 알고 있잖아. 사고에 대해서도 할 이야기가 있으면 미디어실로 오라고 하는 거야. 소문이 모이면 그중에 진짜가 있을 수도 있잖아."

"하지만 오던 애들 발길도 뚝 끊겼는걸. 애초에 애들이 찾아왔던 건 강한봄 때문이었으니깐. 최준석이 무서워서라도 안 올 거야."

"오게 만들어야지, 이걸로."

한설아는 자신의 휴대폰을 들어 보였다.

"강한봄의 사건에 대한 비밀스러운 제보 입수. 이 소문을 퍼뜨리자."

"결정적인 증거가 될 만한 내용은 없었잖아."

"괜찮아, 영상을 전부 보여 줄 필요는 없어. 이 한 장면."

한설아는 영상을 재생해 담임과 강한봄의 어머니가 함께 있는 장면을 보여 주었다.

"이것만 캡처해서 학교 커뮤니티에 익명으로 올리면 돼. 그럼 애들이 알아서 상상할 거야. 만약 강한봄의 사건과 연관된 아이가 있다면 그 상상은 걷잡을 수 없이 부풀어 오르겠지. 기다리면 돼. 그 사람이 그 부풀어 오른 상상을 견딜 수 없게 된 때를."

한설아는 한 마디, 한 마디를 꼭꼭 씹어 삼키듯 말했다.

"두고 봐. 그 증거라는 거, 무슨 일이 있어도 찾아내고 말 거야. 한봄이가 의식을 찾았을 때 내가 너 잠들게 만들었던 범인 찾았어, 그렇게 말해 줄 거야."

한설아는 더 이상 꿈속에 있지 않았다. 악몽보다 더한 현실과 정면으로 마주하기로 결심했다는 것을, 불꽃이 튀어 오른 한설아의 눈동자가 알려 주었다.

학교 커뮤니티에 올라간 한 장의 캡처. 그 캡처는 사라져 가던 소문을 되살렸다. 담임은 잔뜩 구겨진 얼굴로 이상한 소문 내지 말라고 엄포를 놨다. 커뮤니티에 올렸던 캡처는 금세 삭제되었다. 그러나 학교 애들 중에 그 캡처를 보지 못한 사람은 없었다.

그리고 오늘, 드디어 누군가 미디어실에 찾아왔다.

"나, 최준석에 대해서 할 말이 있어서 왔어."

쭈뼛거리며 미디어실의 문을 열고 들어온 건 박윤이었다. 나와 같은 학원을 다녀서 얼굴은 알고 있는 사이다. 같은 반이 된 적은 없지만, 가끔 최준석과 함께 있는 걸 본 적이 있다. 최준석의 무리인 줄 알았더니 아니었던 걸까. 나는 미디어실로 들어오는 박윤을 경계 어린 눈빛으로 바라보았다.

"어서 와. 여기 녹화 버튼 누르고 말하면 돼. 우리가 있는 게 불편하면 자리 비켜 줄까?"

한설아의 말에 박윤은 고개를 가로저었다.

"아니, 있어 줘. 그런데 나, 녹화는 안 하고 싶어."

"그래도 돼. 일단 마음 편하게 털어놔."

박윤은 휴대폰이 아닌 한설아를 바라보고 서서 크게 숨을 들이마셨다. 꼭 한설아에게 고해성사를 하러 온 듯한 모습이었다.

옆에 선 한설아를 힐끔 보는데 박윤이 첫 마디를 떼었다.

"나, 중학교 오고 나서 계속 최준석 전용 카메라였어. 최준석이 스트레스 쌓일 때마다 자기 친구들하고 집단 폭행을 해. 상대는 대부분 이 학교 애가 아니야. 같은 학교 애를 폭행하면 들킬 위험이 높다고 보통 학원 애들 상대로 그런 짓을 했어. 그걸 찍었다가 나중에 서로 돌려 보면서 재미있다고 웃는 거야. 진짜 싸이코패스 같았어. 처음에는 최준석이 게임 아이템도 엄청 주고, 다른 애들한테 빼앗은 신발하고 옷도 주고 그러니깐 신이 났어. 우리 부모님은 그런 거 잘 안 사 주거든. 그런데 어느 순간부터 카메라를 들고 다른 사람이 맞고 있는 걸 찍고 있으면 저게 언젠가 내가 되겠구나, 하는 생각이 들어서 무섭더라. 더 이상 최준석하고 어울리고 싶지 않아."

최준석이 학원 앞에서 나를 붙잡았을 때 통화하던 누군가가 박윤이었던 모양이다. 그날 박윤이 나오지 않아서 최준석은 나를 카메라로 썼던 거다. 전용 카메라를 대체할 임시 카메라. 내가 봤던 장면을 박윤도 봤을 거라고 생각하니, 박윤의 부들부들 떨리는 목소리가 꼭 내 것인 듯했다. 공포가 불러온 비겁함. 나는 박윤을 탓할 수 없었다.

"그런데 최준석이 전화해서 그러잖아. 진짜 마지막이라고, 이번 한 번만 와서 영상 찍으면 앞으로는 부르지 않겠다고 했어. 그래서 나간 거야. 설마 거기 있는 게 강한봄인 줄 알았으면 무슨 일이 있어도 안 나갔을 거야."

강한봄의 이름이 나온 순간, 박윤의 목소리가 커다란 망치가 되어 내 뒤통수를 때렸다. 갑자기 강한봄이라니. 옆에 서 있던 한설아도 바짝 긴장한 것이 느껴졌다.

"최준석이…… 강한봄을 상가로 불러냈어. 상가 7층에 있는 PC방. 최준석이 강한봄에게 자기 뒤 캐는 거 그만두라고 윽박질렀어."

점점 더 심하게 떨리는 목소리가, 그날의 진실을 알려 주었다. 격해진 싸움과 열려 있던 상가 복도의 창문, 비상구에 방치되어 있던 소화기. 최준석이 소화기를 집어 들어 강한봄의 뒤통수를 내리쳤다. 정신을 잃고 쓰러진 강한봄을 내려다보며 최준석이 말했다. 이거 들어서 버리자, 라고.

"……커뮤니티에 캡처 올린 거, 너희지? 최준석이 벼르고 있어. 조심해. 특히 한설아, 너. 최준석이 너랑 강한봄이랑 사귀는 거 알았거든. 너한테 배신당했다고 엄청 화냈어. 가만히 안 둔다고. 나, 어쩔 수 없이 최준석하고 다니지만 강한봄 좋아했다. 축구 진짜 못해서 반 애들한테 구박받곤 했는데, 강한봄은 나한테 공 줘서 골도 넣게 해 주고 그랬어. 진짜 좋은 놈이지 싶었어. 그래서……, 너희까지 위험해지면 강한봄한테 더 미안할 것 같아서 온 거야."

박윤은 숨 가쁘게 이어 가던 이야기를 끝내고 뒤돌아섰다. 한설아가 다급히 박윤을 붙잡았다.

"잠깐만. 너, 지금 한 이야기 증언해 줄 수 있어?"

"못 해! 그랬다간 최준석이 나도 가만 안 둘 거야."

"강한봄 어머니가 증거를 찾고 있어. 아무리 최준석이라도 경찰이 조사를 시작하면……."

"너희 순진한 거야, 멍청한 거야?"

박윤이 어이없다는 듯 한설아를 바라보았다.

"학교가 나서서 강한봄 사건, 자살 시도로 몰고 가려는 거 보면 모르겠어? 최준석의 집에서 사건 무마하려 하고 있어. 학교도 최준석 편인데 우리끼리 발버둥쳐 봤자 아무것도 달라지는 건 없어."

박윤은 냉정하게 내뱉고는 미디어실을 나갔다. 한설아가 그 뒤를 다급하게 쫓아 나갔다. 나는 혼자 미디어실에 남아 박윤이 한 말을 곱씹었다. 아무것도 달라지는 것은 없다, 라던 말.

'……정말 그럴까?'

강한봄을 만나기 전에 나는 적당히 비겁하고 안온한 날들을 보낼 거라고 생각했다. 하지만 아니었다. 나는 강한봄과 한설아를 만나 달라졌다. 지금도 쉽게 용기를 내진 못해도, 분명 이전과는 다르다.

달라질 것이다.

그렇게 믿고 싶다.

나보름의 이야기
_다섯 번째

이번에도 원하리를 놓쳤다.

"큰일이야. 이젠 하루밖에 안 남았잖아. 내일이면 마지막 편지를 받는 날인데 아직도 원하리의 아지트를 찾아내지 못했어."

나는 카페의 탁자 위에 철퍼덕 엎드렸다. 땀이 난 이마에 닿은 탁자가 차가웠다.

"한설아가 남겼다는 마음, 그게 문제지."

"그래, 편지는 그냥 준다지만 그건 미션을 완성하지 않으면 주지 않는다고 했으니깐."

녹색 대문 앞에서 또다시 뒤돌아 선 순간 외쳤다.

"작전 회의를 하자!"

정말로 작전 회의를 해야 할 필요가 있었다. 한편으로는 한 번쯤 우이재와 카페에 가고 싶었다. 마주 보고 앉아서 네 일기를 읽었지만 너를 싫어하게 되지 않았다고 말하고 싶었다. 하지만 좀처럼 그 말을 꺼낼 수가 없었다.

'마음을 소리 내어 말하는 건 큰 용기를 필요로 하는 일이구나.'

나는 고개를 들고 빨대로 천천히 커피를 휘저었다. 컵 안에 든 얼음이 잘그락 소리를 내며 빨대의 회전에 맞추어 춤을 췄다.

"원하리의 미션, 해 볼 생각은 없어?"

우이재의 말에 손이 멈췄다.

"……사실은 나, 며칠 전부터 조금씩 만들고 있는 게 있어. 원하리가 준 책을 보다가 만들고 싶은 걸 찾았거든. 워낙 솜씨가 없어서 완성할 수 있을지는 모르겠어."

컵 안의 얼음도 춤추기를 멈췄다. 우이재가 무엇을 만들고 있는지 궁금했다. 보여 달라고 말하려는데 요란한 종소리가 났다. 카페 문에 달린 도어벨이었다. 한 무리의 아이들이 거칠게 카페 문을 열고 가게 안으로 들어왔다. 저마다 패스트푸드 체인점에서 파는 소프트아이스크림을 손에 들고 있었다.

"더 이상 못 참아."

"오늘은 카페에 있는 거 확실한 거지?"

"맞다니깐. 그동안 그 귀신 나오는 집으로 계속 도망치더니 거기서도 쫓겨났나 보지."

왁자지껄 떠드는 목소리가 작은 가게 안을 채웠다. 아이들은 성큼성큼 카운터로 향했다. 박력 있는 아이들의 걸음걸이에 나를 비롯한 가게에 앉아 있던 사람들의 고개가 그들이 걷는 방향을 따라 왼쪽에서 오른쪽으로 움직였다. 카페 카운터 뒤쪽, 음료를 만드는 곳에 김나현이 서 있었다.

"쟤, 다닝에 왔던 애 맞지? 아까 주문할 때는 못 봤는데."

"맞네. 우리 보고 숨었던 거 아냐? 마지막으로 다닝에 왔을 때 엄청 화냈잖아."

우리는 숨을 죽이고 아이스크림을 든 아이들이 김나현에게로 향하는 것을 지켜봤다. 김나현은 주방 쪽으로 몸을 돌렸다. 어떻게 봐도 아이들을 피하려는 노골적인 몸짓이었다.

"김나현, 도망가지 마!"

하지만 김나현보다 아이들이 한 발 빨랐다. 김나현은 무궁화 꽃이 피었습니다, 게임의 참가자라도 된 듯 천천히 뒤돌아섰다. 그 순간 한 아이의 손에서 날아간 아이스크림이 김나현의 가슴팍에 명중했다. 아이스크림은 김나현의 티셔츠에 둥그런 얼룩을 남기고 바닥으로 미끄러져 떨어졌다.

"김나현, 너 당장 진아한테 사과해."

"너 때문에 진아, 남친하고 헤어졌다고! 어떻게 책임질 거야?"

아이들에게 둘러싸인 김나현이 아랫입술을 깨무는 것이 내 눈에도 뚜렷이 보였다. 카페 안 사람들이 약속이라도 한 듯 입을 다물고 김나현 쪽을 보았다.

"사과해, 김나현. 타로 카드 봐 준다는 핑계로 애들 기분 나쁘게 한 거."

"내, 내가 언제 그랬는데."

반박하는 김나현의 목소리는 뒤로 갈수록 작아졌다.

"나한테는 살 절대 못 뺀다고, 이번 여름에도 뚱뚱할 거라고 했잖아."

"나한테는 경시대회 망할 거라고 했어. 내가 그걸 얼마나 열심히 준비했는지 알면서도!"

"나한테는 남친하고 헤어질 거라고, 둘이 절대 같이할 수 없는 사이라고 했잖아. 그것도 남친 보는 앞에서! 그것 때문에 대판 싸우고 헤어졌다고. 어떻게 책임질 거야?"

반면에 아이들의 목소리는 점점 쩌렁쩌렁 울렸다. 카페 안에 있는 사람들 모두가 들으라는 듯이 일부러 더욱더 목소리를 키우는 듯했다. "쟤가 잘못하긴 했네.", "그러게, 못됐다." 카페 곳곳에서 소곤소곤 김나현을 욕하는 말들이 아이들의 목소리 위에 얹어졌다.

'애들 말 들어 보면 자업자득이긴 하네, 싸우는 거.'

나는 팔짱을 끼고 김나현을 바라보았다.

"너, 반 애들 관심 끌려고 별짓 다 하잖아. 관종 같으니라고. 타로 카드도 제대로 볼 줄 모르면서 본다고 한 게 분명해."

"맞아, 만날 서울 가서 오디션 볼 거라고 하는 것도 거짓말이지?"

"오디션은 무슨. 김나현, 네 얼굴에 무슨 연예인을 한다고. 틱톡 아무리 찍어 올려도 조회 수 100도 안 나오는 주제에 잘난 척 좀 그만해!"

아이들의 말투는 점점 신랄해졌고, 김나현은 점점 더 세게 아랫입술을 깨물었다.

'……싸우는 건 자업자득이지만 저건 싸움이 아니잖아.'

쌈닭인 나, 나보름이 말하건대 싸움이 싸움으로 존재하려면 지켜야 할 것이 있다. 김나현의 말투가 문제라면 그것에 대해서만 이야기하면 된다. 저렇게 여러 명이 몰려오는 것도 반칙이다. 관종이니 뭐니 인신공격을 한 시점에서, 저 아이들의 행동은 괴롭힘 그 이상도 이하도 아니게 되었다.

'나와는 상관없어. 김나현, 쟤 말하는 거 나도 마음에 안 들었잖아.'

하지만…… 나를 모른 척했던 반 아이들의 작은 등. 작지만 너무나 견고해 보였던, 돌아보지 않던 수많은 뒷모습들. 핵주먹에게 언제 맞을지 모른다는 공포보다 반 아이들이 계속 등 돌린 채 있을까 봐 무서웠던 그 선명한 감각을 나는 안다. 그래서 도저히 가만히 있을 수가 없었다.

"그런 식으로 못되게 구니깐 네가 왕따를 당하는 거야."

김나현이 싫다. 나를 괴롭히던 애들처럼 차별을 장난으로 여기는 김나현의 말이 싫다. 하지만 저렇게 단체로 한 사람을 몰아세우는 것도 싫다. 나는 자리에서 일어나 김나현에게 다가가서 손을 잡았다. 그러곤 그대로 가게 밖으로 걸어 나왔다. 김나현은 엉거주춤 나를 따라 나왔다.

"나, 왕따당하는 거 아니에요."

가게 밖으로 나오자마자 김나현은 불쑥 그렇게 말했다.

"친구들이랑 좀 오해가 있는 것뿐이에요. 절대 따당하거나 그런 거 아니라고요. 그러니깐 동정하지 말아요."

"난 타로 카드에 대해서 물어보려고 한 것뿐이야."

나는 주머니 안에서 부적을 꺼내 김나현에게 내밀었다.

"이거, 네가 타로 카드 그림이라고 그랬잖아. 무슨 그림이야?"

김나현은 제자리에 못 박힌 듯 서서 내 손에 들린 부적을 물끄러미 바라보았다. 김나현의 코끝이 씰룩거렸다. 킁, 짧은 콧소리와 함께 김나현의 입가가 비죽 아래로 일그러지면서 울음이 신음처럼 터져 나왔다. 내 뒤를 따라 나온 우이재가 김나현의 옷을 가리켰다.

"그거 옷, 빨든가 갈아입든가 해야겠다."

아이스크림 묻은 흔적이 점점 뚜렷해지고 있었다.

"다닝에 가자. 카페에서 빨래를 할 순 없잖아."

나는 울고 있는 김나현의 손을 잡아끌었다. 그때까지 김나현은 내 손을 뿌리치지 않고 계속해서 잡고 있었다. 다닝으로 가는 내내 김나현은 아무 말도 하지 않았다.

그저 울고, 또 울 뿐이었다.

×××

"……이 옷, 오디션 보러 갈 때 입으려고 산 건데."

김나현은 코를 훌쩍거리며 티셔츠의 가슴팍을 손끝으로 문질 렀다. 던진 것이 초코 아이스크림이었던지, 둥그렇고 검은 얼룩 이 선명하게 생겨나 있었다. 다닝에 오자마자 옷을 벗어서 얼룩 부분을 문질러 빨았지만 얼룩은 지워지지 않은 채였다.

"초콜릿이 묻으면 베이킹 소다로 빨아야 한대. 십 분 안에."

휴대폰으로 검색을 하던 우이재의 말에 김나현은 더욱 울상이 되었다.

"지금이라도 빨아 볼까?"

우이재가 김나현의 눈치를 보며 옷을 집어 들었다.

"됐어요!"

김나현은 격하게 고개를 가로저으며 우이재의 손에서 티셔츠 를 확 낚아챘다.

"오빠랑 언니도, 꼴좋다고 생각하죠? 자업자득이라고, 혼 좀

나 봐야 한다고."

김나현은 티셔츠를 품에 꽉 끌어안았다.

"자업자득이라곤 생각 안 해. 네가 잘못한 게 있다고 해서 여러 명이 한 명에게 행사한 폭력이 정당화되는 건 아니야."

"폭력이요? 걔네가 절 때린 건 아닌데."

"아이스크림 던졌잖아."

다닝에 온 후 계속 찌푸린 채였던 김나현의 미간이 처음으로 느슨해졌다.

"에이, 그게 무슨 폭력이에요?"

"폭력이지. 그때 너, 얼굴 새파랗게 질렸어. 상대가 폭력이라고 느끼면 그건 폭력이야. 난 그렇게 생각해."

"하지만……."

김나현의 눈동자가 크게 흔들렸다. 무언가 말하려는 듯했지만 곧 입을 다물고 티셔츠만 만지작거렸다.

'일단 내 옷이라도 입혀서 돌려보낼까?'

어떻게 할까 고민하는데, 문득 자수 캐노피 아래 놓인 장식장이 눈에 들어왔다. 혹시라도 상처받은 영혼이 찾아오면 길을 찾도록 도와주라고 했던 원하리의 말도 떠올랐다.

'상처받은 영혼인지 아닌지는 몰라도, 망가진 옷을 고치는 데 딱이잖아!'

나는 자리에서 일어나 장식장을 열었다. 그 안에는 원하리가 꺼내 보였던 것 외에도 다양한 도구가 들어 있었다. 그중 아크릴 상자에 한가득 담긴 와펜이 눈에 들어왔다. 유레카! 나는 와펜이 담긴 상자를 장식장에서 꺼냈다. 바늘과 실도 꺼내서 김나현 앞에 늘어놓았다.

"뭐 하게?"

우이재가 내 옆에 앉으며 작은 목소리로 물었다.

"원하리 언니 흉내라도 내 볼까 해서."

나는 와펜이 담긴 상자를 열어 김나현에게 내밀었다.

"여기서 마음에 드는 거 골라 봐. 얼룩진 부분에 와펜을 달아서 가리면 되잖아."

티셔츠를 만지작거리던 김나현의 손이 멈췄다. 김나현은 티셔츠를 내려놓고 상자 안을 들여다보았다. 선글라스를 낀 꽃, 웃고 있는 별, 춤을 추듯 발이 달린 음표. 가지각색의 와펜이 바닥에 놓였다.

"처음에는 잘한다는 칭찬을 듣고 싶었던 것뿐이에요."

묵묵히 와펜을 늘어놓던 김나현이 입을 열었다.

"예전에 서울에 있는 친척 집에 갔다가 연예 기획사에서 명함을 받았어요. 예전부터 춤추는 거 좋아해서 동영상 보고 혼자 연습했어요. 그때까지는 내가 춤을 춰도 심드렁하던 애들이 기획사 명함 보더니 엄청 관심을 주더라고요. 아이돌 연습생 되는 거냐고. 그런데 명함에 적힌 번호로 전화해 봤더니 오백만 원을 내라고 하더라고요. 사기였던 거죠. 반 애들한테는 부모님이 반대해서 못 한다고 했어요. 애들의 관심은 금세 사라졌어요. 틱톡 채널을 만들어서 춤추는 영상을 꾸준히 올렸지만 하트 찍어 주는 사람은 열 명도 안 돼요."

김나현은 춤으로 인기를 끌 수 없다면 인기를 끌 다른 무언가를 찾자고 마음먹었다. 그게 타로 카드였다. 처음엔 김나현의 예상대로 진행되었다. 반 아이들은 김나현이 타로 카드를 꺼내자, 점을 봐 달라고 너도나도 몰려들었다.

문제는 아이들의 고민이 다 비슷하다는 거였다. 연애 아니면 진로 상담. 고민이 비슷하니 타로 카드 해석도 비슷해졌다. 진짜로 타로 카드 리딩을 할 수 있는 사람이었다면 그런 일은 일어나지 않았을 테지만, 김나현은 책에 쓰인 해석을 달달 외워서 읊을 뿐이었으니 당연한 결과였다. 그러자 반 애들이 김나현에게 사실은 타로 점 볼 줄 모르는 거 아니냐고 따지기 시작했다.

"그때 유튜브에서 카리스마 점쟁이 특집 그런 걸 봤거든요. 그 사람들이 점을 볼 때 부정적인 어휘를 섞어 쓰는 게 캐릭터 때문만이 아니래요. 부정적인 단어를 듣잖아요? 그러면 점을 본 사람은 진짜 부정적인 일이 일어날까 봐 걱정이 되어서 점쟁이에 대한 의존도가 확 높아진대요. 점쟁이가 무슨 말을 해도, 점쟁이 말을 의심하지 않게 되는 거죠. 그래서 저도 그렇게 해 봤어요. 효과가 있더라고요."

김나현은 점점 더 부정적이고 강한 단어를 섞어 말하게 되었다. 그 결과는 따돌림이었다. 여름 방학이 시작되기 며칠 전부터 몇몇 애들이 뭉쳐 다니며 김나현을 혼내 줄 거라 떠들고 다녔다고 했다.

"걔네랑 같은 학원 다니거든요. 그래서 학원 빠지고 그 시간 내내 다닝에 있었던 거예요. 여기, 귀신 나오는 게스트 하우스라고 소문나서 애들이 무서워하거든요. 아빠 카페에서 일하면 거기로 찾아올 테니깐 카페 일도 돕지 않고 도망쳐 다녔고요. 그런데 아빠가 가게 일 안 도우면 용돈을 아예 안 준다고 하잖아요. 저, 이번 여름 방학 때 서울에 오디션 보러 가려고 돈 모으고 있거든요. 십대 대상으로 댄서 예비군을 뽑는 오디션이에요. 여기 붙으면 방송국의 특집 프로그램에도 출연하고, 춤도 전문가에게 배울 수 있어요. 타로 카드처럼 잘하는 척이 아니라, 진짜 잘하는 걸로 잘한다는 말 듣고 싶어요."

와펜을 늘어놓던 김나현의 손이 멈췄다. 김나현은 여자애가 춤을 추는 모양의 와펜을 들어 보였다. 이게 마음에 들어요, 라고 말하는 김나현의 표정은 어딘가 시원해 보였다. 나와 김나현은 티셔츠를 대청마루에 펼치고 얼룩이 생긴 부분에 와펜을 대 보았다.

"이거 붙여도 이 아래 점처럼 튄 얼룩은 보일 것 같아요."

무언가 방법이 없을까, 곰곰이 티셔츠를 들여다보는데 우이재가 김나현에게 책을 내밀었다. 원하리가 보여 주었던 자수 샘플이 실려 있는 책이었다.

"이니셜 수놓는 건 어때? 여기, 디자인 많으니깐 골라 봐."

김나현은 망설이며 책을 받아들었다.

"저, 자수 놓을 줄 모르는데요."

"나도. 우이재, 넌 놓을 줄 알아?"

우이재는 책의 앞장을 펼치더니 '기초 스티치'라고 쓰인 부분을 손가락으로 가리켰다.

"여기, 앞에 기본 스티치 네 개는 할 줄 알아. 원하리한테 배웠어."

김나현은 우이재가 가리킨 부분을 보더니 그곳에 실린 스티치 중 하나를 선택했다. '크로스 스티치'라고 실 한 줄과 또 한 줄이 교차되는 모양이었다. 우이재가 그거라면 자기가 가르쳐 줄 수 있다면서 전사지를 가지고 왔다.

"이니셜을 종이에 그린 후에 그걸 전사지에 대고 티셔츠에 옮겨 그리는 거야. 그 뒤에 이 스티치로 안을 채우면 돼."

김나현은 K, N, H 세 글자를 골라 티셔츠에 정성껏 그렸다. 도안을 옮겨 그린 후 티셔츠를 수틀에 끼워 넣었다. 우이재가 김나현에게 수놓는 방법을 알려 주는 동안 나는 책을 다시 한번 살펴보았다. 이번에도 역시나 별자리 부분이 유독 눈에 들어왔다.

'혹시 이게 원하리가 말한 마음을 들여다본다는 건가?'

원하리는 말했었다. 구멍이 왜 생겼는지를 먼저 들여다보아야 한다고. 마음의 구멍. 다닝에 온 첫날에는 그게 무슨 말인지 몰랐다. 하지만 이제는 안다. 설아의 죽음이 내 마음에 구멍을 만들었다는 것을.

그 사실을 인정하는 건 지금도 힘들다. 설아의 죽음이 내 탓인 것만 같았다. 내가 설아에게 고민이 있는 걸 알아차렸다면 무언가 달라지지 않았을까? 그런 생각을 떨쳐 낼 수가 없다. 그런 내가, 설아의 죽음으로 오히려 상처 입은 척을 해도 괜찮은 걸까. 설아 때문에 마음에 구멍이 생겼다니, 설아를 탓하는 게 되는 게 아닐까. 죄책감이 슬픔보다 커서 슬픔을 인정하지 못하게 만들었다.

하지만 다닝에 머물면서 우이재와 지내는 동안 인정하게 되었다. 조금씩 설아의 죽음에 대한 진실에 가까워지고 있기 때문일 것이다.

'휴대폰, 그 휴대폰 안의 영상을 보면……'

그러면 나도 수놓고 싶은 작품을 정할 수 있을지도 모른다.

"뭘 그렇게 봐?"

우이재의 말에 어쩐지 속마음을 들킬 것 같아 허둥지둥 책장을 넘겼다. 어느새 스티치를 익힌 김나현이 열심히 이니셜을 수놓고 있었다. 누가 봐도 처음 수를 놓는다는 것을 알 수 있는, 느릿하고 서툰 손놀림이었다. 나는 김나현이 이니셜을 골랐던 책장을 펼쳐 보였다.

"이거! 여기에 이니셜의 어원이 쓰여 있어. 이니셜의 어원은 라틴어 'initialis'로 입구, 시작을 의미한다. 예전 중세 시대에는 기술을 전수받기 위해서는 기술을 가진 사람의 제자가 되어야 했다. 기술자로 인정받기 위해서는 짧게는 오륙 년. 길게는 십 년도 넘게 걸렸다. 기술자로 인정받으면 스승은 제자에게 이니셜이 새겨진 도구를 선물했다. 지금부터가 너의 새로운 시작이다, 라는 의미를 담은 것이 이니셜이다."

"새로운 시작."

김나현이 내가 읽은 책의 문장을 따라 중얼거렸다.

"언니, 아까 그랬잖아요. 상대가 폭력이라고 느끼면 그건 폭력이라고."

김나현은 손놀림만큼 느릿한 어투로 내게 말을 걸었다.

"응, 난 그렇게 생각해."

"그럼 내가 애들한테 타로 점 볼 때 했던 말들…… 그것도 폭력이 될 수 있겠네요?"

"당연하지. 언어폭력도 폭력이야."

김나현은 입을 꾹 다물고 한참 동안 손만 움직였다. 그러다 팔을 쭉 폈다. 김나현의 손에 들린 티셔츠가 여름의 산들바람에 나풀나풀 흔들렸다.

"이 스티치, 엑스 자 모양이네요."

김나현이 혼잣말처럼 중얼거렸다.

"가끔 내 머리 위에 엑스 자가 둥둥 떠다니는 것 같아요. 뭔가 잘해 보려고 노력할수록 점점 더 커져요."

"그게 왜 엑스 자야?"

우이재가 티셔츠를 보더니 의아하다는 듯 말했다.

"플러스 모양이잖아, 아무리 봐도."

우이재의 말에 김나현은 티셔츠를 유심히 들여다보았다. 우울하던 표정이 살짝 밝아진 듯 보였다.

"플러스."

김나현은 다시 자수를 놓기 시작했다. 이전보다 조금 더 빨라진 손놀림으로 빠르게 도안을 채워 나갔다. 얼룩이 사라지고 자수가 그 자리를 대신해 나갔다.

"……저요, 엑스를 플러스로 바꾸고 싶어요. 그럼 친구들과의 관계도 새롭게 시작할 수 있지 않을까요. 그런데 뭘 해야 그렇게 할 수 있을지 잘 모르겠어요."

김나현은 그렇게 말하고는 마지막 한 땀을 마무리하고 매듭을 지었다. 신나게 춤을 추는 여자아이를 가슴에 품고, 김나현은 다닝에 올 때보다는 밝아진 표정으로 대문을 나섰다. 나는 김나현이 나간 대문가에 흔들리는 능소화를 바라보았다. 김나현은 플러스가 될 수 있을 것이다. 어쩐지 그럴 것만 같다.

"나보름, 네가 하리 누나보다 멋있더라."

우이재가 내게 불쑥, 그렇게 말했다. 얼굴에 열이 올랐다. 나는 손바닥으로 팔랑팔랑 부채질을 하며 우이재를 봤다. 우이재의 귓불도 새빨갰다.

'얘도 쉽게 말한 건 아니구나.'

용기를 내고 싶었다. 우이재처럼 솔직하게 내 마음을 전하고 싶었다.

"우이재, 나는 너 싫어하게 될 것 같진 않아."

우이재의 동공이 놀란 듯 약간 커졌다.

"마지막으로 받게 될 편지, 나한테 오는 거 아마도 일기장이 아닐 거야."

그리고 아마 내 동공도 커졌을 거다. 설마 우이재가 갑자기 예언을 할 줄은 몰랐다.

"네가, 그걸 어떻게 알아?"

"내가 강한봄에게 준 일기, 전부 세 권이었거든."

우이재는 자기 방으로 들어가더니 공책 한 권을 가지고 나와 내게 내밀었다.

"이거 줄게. 강한봄의 사고 이후, 내가 조금씩 썼던 거야. 이것까지 전부 다 읽은 후에 결정해. 나를 싫어할지 말지."

"왜 이렇게까지 해?"

나는 공책을 받으며 물었다.

"나보름, 너한테는 거짓말하고 싶지 않아."

우이재는 그렇게 말하고는 방 안으로 뛰어 들어갔다. 따라 들어가서 무슨 뜻인지 캐물어야 하나, 고민하는데 출입문 밖에서 김나현이 뛰어 들어왔다.

"언니, 이거요."

김나현이 내게 책 한 권을 내밀었다.

"부적 그림이요. 이 책 보면 뭔지 알 수 있을 거에요."

김나현은 그렇게 말하고는 후다닥, 다시 다닝의 마당을 가로질러 뛰어 나갔다. 책 표지에는 '타로 카드의 해석'이라고 쓰여 있었다.

우이재의 일기
_다섯 번째

최준석이 집 앞에서 나를 기다리고 있었다.

"우이재, 너 아직도 미디어실 들락거리더라?"

최준석을 보자마자, 한심하게도 뱀 앞에 선 개구리처럼 몸이 굳었다. 최준석은 내게 바짝 몸을 붙이고 서서 속삭였다.

"생각 잘해. 너도 찍었잖아, 영상. 괜히 귀찮은 일 터지면 너도 말려들 수 있어."

최준석은 그 말만 남기고는 사라졌다. 멀어지는 최준석의 뒷모습을 보는데 목이 탔다. 그런 생각은 한 번도 해 보지 못했다.

나는 피해자다. 그날 영상을 찍은 건 최준석이 시켜서 어쩔 수 없이 한 일이었다.

'하지만 만약에 최준석이 나도 자기 패거리라고 하면?'

내가 억지로 영상을 찍었다는 걸 사람들은 믿어 줄까? 혹시 강한봄의 사건을 정말로 경찰이 수사하거나 하게 되면, 나도 가해자로 지목되는 건 아닐까? 집에도 알려질 텐데 과연 부모님은 내가 피해자라는 걸 믿어 줄까?

강한봄의 자리를 빈자리로 만든 최준석을 용서할 수 없다, 이제까지 그 생각만 했다. 나는 변했으니까, 한설아도 함께이니 분명히 해낼 수 있을 거라 믿었다.

하지만 그 순간, 겁이 났다.

✕✕✕

그건 명백한 경고였다. 최준석이 한설아에게 건넨 경고장.

최준석이 집에 찾아오고 사흘째, 나는 미디어실에 가지 않고 있다. 한설아는 궁금하지 않을까? 내가 왜 오지 않는지. 차라리 한설아가 나를 찾아와서 욕이라도 하면 좋겠다. 왜 미디어실에 오지 않냐고, 도망간 거냐고 따졌으면 좋겠다. 차라리 그게 마음이 편할 것 같다.

이대로 도망가도 괜찮은 걸까.

나도 아버지처럼 못 본 척하라는 말을 하는 어른이 되는 걸까.

공책에 연필을 그어 가며 고민하는 사이, 수업이 끝났다. 종이가 뚫릴 정도로 까맣게 칠해진 공책을 구겨 뜯어냈다. 복도가 소란스러웠다. 교실에 있어도 알 수 있을 정도의 소란스러움이었다. 무슨 일인가 싶어 복도 쪽을 기웃거리는데 아이들의 말소리가 들렸다.

"한설아, 저러다 큰일 나는 거 아냐?"

"그러니깐 왜 자꾸 최준석한테 덤벼."

다급하게 자리에서 일어나 복도로 나갔다. 한설아의 반 앞에 아이들이 모여 서 있었다.

"당장 내놔! 그거!"

한설아의 목소리가 복도에 울려 퍼졌다. 모여선 아이들 틈 사이로 최준석과 마주 보고 선 한설아가 보였다. 최준석이 손에 무언가를 움켜쥐고 있었다.

다른 애들은 그게 무엇인지 몰랐겠지만 나는 보자마자 알 수 있었다. 꽉 움켜쥔 최준석의 손 밖으로 반짝이는 장식 참이 빠져나와 있었다. 한설아가 틈틈이 만들고 있던 팔찌에 달려 있던 것이다. 반달 모양 장식은 찾기 쉬운데, 보름달 모양은 찾기 어려워서 간신히 구했다고 한설아가 자랑을 했었다.

"이런 거 왜 만드냐? 누구 주려고?"

"네가 상관할 바 아니야."

한설아는 팔찌를 빼앗으려고 최준석의 팔을 붙잡았다. 하지만 힘으로 최준석을 이길 수 없었다. 최준석은 팔찌를 든 손을 높이 들어 올리며 한설아의 귀에 무어라 속삭였다.

"죽어도 싫어."

한설아의 대답은 단호했다. 두 사람을 둘러싼 아이들 사이로 비웃음이 섞인 웃음이 퍼져 나갔다. 최준석이 이전부터 한설아에게 계속 집적거렸던 걸 모르는 사람은 없었다. 연애 이야기는 늘 다른 소문보다 빠르게 퍼지고, 더군다나 그게 유명인의 연애담이라면 더욱 그렇다.

"감히 애들 앞에서 날 망신을 줘?"

최준석의 목덜미가 새빨개졌다. 최준석은 복도 창문을 열더니, 손에 쥐고 있던 걸 창밖으로 집어 던졌다.

"야! 최준석!"

"두고 봐, 한설아. 너, 이젠 안 봐준다."

최준석은 으르렁거리고는 모여 있는 아이들 틈을 거칠게 뚫고 복도 저편으로 사라졌다. 모여 있던 아이들은 곧 뿔뿔이 흩어졌다. 여자아이 두어 명이 한설아에게 다가가 팔짱을 꼈다.

"괜찮아? 최준석이 뭐라고 했어?"

"자기랑 사귀자고. 으, 소름 돋아."

한설아는 친구들과 어울려 몸을 돌렸다. 그때 잠깐 한설아와 시선이 마주친 것도 같다. 하지만 한설아는 나를 못 본 척했다. 살짝 미소 지었을 뿐이다. 그 미소가, 나를 이해한다고 말하는 듯했다.

역시 도망가고 싶지 않다.

수업 시작을 알리는 종이 울렸다. 계단을 뛰어 올라오는 아이들과 반대로, 나는 운동장을 향해 계단을 뛰어 내려갔다. 최준석이 팔찌를 버린 창문 아래, 화단이 있었다. 팔찌가 떨어졌다면 저기겠다 싶어서 화단을 살피기 시작했다.

'팔찌를 찾아서 한설아에게 가져다주고 말하는 거야. 도망가려고 해서 미안하다고, 같이 방법을 찾아보자고. 일단 한봄이가 만들던 다큐멘터리부터 완성하자고 해 보자.'

하지만 팔찌는 어디에도 없었다. 수업을 빼먹고 한 시간 내내 화단을 샅샅이 뒤졌음에도 도저히 찾을 수가 없었다. 팔찌도 없이 미디어실에 갈 용기는 나지 않았다.

'내일 점심시간에는 꼭 미디어실에 가자.'

나는 슬그머니, 내일의 나에게 할 일을 미루었다.

×××

오늘도 미디어실에 가지 못했다.

주말이 지나면, 월요일이 되면 꼭 가겠다고 다짐했는데 역시나 용기가 나지 않았다. 복도를 지나면서 힐끔, 한설아의 반을 들여다보았을 뿐이다. 한설아는 아무 일 없다는 듯 친구들과 어울려 수다를 떨고 있었다.

어쩌면 한설아도, 최준석을 고발하기 위한 증거 찾기를 그만둔 게 아닐까?

박윤 이상의 증인을 찾기는 어려울 거다. 그 박윤이, 대놓고 증언을 하지 않겠다고 말했으니 더 이상 무언가를 찾아봤자 소용없다고 포기한 건지도 모른다. 그렇게 생각하자 약간 더 마음이 가벼워졌다.

내일은 꼭 미디어실에 가서 한설아와 이야기를 해 봐야겠다.

✕✕✕

한설아에게 전화가 왔다. 메시지는 주고받았지만 전화가 걸려 온 건 처음이었다. 망설이다가 통화 버튼을 눌렀다. 연결이 된 후에도 한설아는 한참이나 아무 말이 없었다.

―나, 주말에 보름이 만났어. 만나서 만화 카페 가서 유튜브 보고 놀았어.

한설아가 불쑥 말을 꺼냈다. 나보름하고 만났다는 말에 이상하게 안심이 되었다. 어느 순간부터 내 안에서 나보름은 그런 존재였다. 고민을 잊게 해 주는 포근한 달빛. 한 번도 만나 본 적 없음에도 한설아가 나보름에 대해 이야기하는 걸 듣고 있으면 마음이 따듯해졌다.

—보름이에게 다 털어놓으려고 했어. 한봄이하고 사귀게 된 거나, 최준석의 이야기까지 전부. 그런데 결국 못 했어. 다 털어놓고 보름이한테도 도와 달라고 하자고 결심하고 만난 건데도 그랬어. 보름이를 믿지 못하는 것도 아닌데 왜일까, 집에 와서 곰곰이 생각을 해 봤어.

한설아는 말했다. '내가 느끼고 있는 공포가 너무 크기 때문'이라고.

—공포가 너무 버거우니깐, 좋아할수록 이 버거움을 나누어 주고 싶지 않았던 거야. 그래서 어떻게든 내 선에서 조금이라도 문제를 작게 만든 후에 털어놓고 싶었던 것 같아. 혼자 짊어지고 있어 봤자 이게 줄어들 리가 없다는 걸 알면서도 그렇게 되더라.

한설아는 왜 내게 이런 말을 하는 걸까. 무언가 이상했다. 전화기 너머에서 들리는 한설아의 목소리가 유독 떨리고 있었다. 괜찮냐고 물어보려는데 한설아가 크게 숨을 내쉬었다.

—박윤이 만나자고 했어.

"뭐? 박윤이? 언제?"

매몰차게 뒤돌아섰던 박윤의 모습이 선명하게 떠올랐다. 그랬던 박윤이 대체 왜 한설아에게 만나자고 한다는 걸까. 역시 무언가 이상하다. 이상하다는 걸 한설아도 모를 리가 없다.

―직접 증언은 못해 주지만 녹음은 해 주겠대. 최준석이 수시로 박윤의 휴대폰을 검사한대. 메신저 아이디도 공유하고 있고, 메일 비밀번호도 다 알고 있고. 그래서 만나서 파일 옮겨 가라고 하더라.

"잠깐만, 그거 좀 수상하지 않아?"

두고 보라던 최준석의 말이, 왜 그때 떠올랐을까.

―수상하지. 박윤이 그 제안을 한 게 이틀 전이야. 만나자고 한 날은 내일 저녁이고. 그래서 말이야, 본격적으로 고민을 좀 해 보려고 해. 나, 내일 학원 빠지고 강릉에 갈 거야.

"……뭐?"

―학교 조퇴하고 바로 갔다가 바다만 보고 올 거야. 바다를 보면서 박윤을 만나러 갈지, 가지 않을지 정하려고 해. 그래서 내일 학원 보충한다고 미리 말해 놨어. 엄마한테 네 번호 알려 줬거든. 학원 같이 다니는 친구라고. 그러니깐 혹시 엄마한테 전화 오면 거짓말 좀 해 줘. 이 부탁 하려고 전화한 거야.

"느닷없이 강릉을 왜 가는데?"

―보름이랑 가기로 한 곳이니깐. 보름이와 여행 가기 전에 조금이라도 마음을 정리하고 싶어. 그러기 위해서는 용기가 필요해. 인터넷에서 봤는데, 강릉에 신기한 가게가 있대. 영매가 운영하는 게스트 하우스라나. 자수 클래스도 하는 곳인데, 거기서 자수를 놓으면서 고민을 털어놓으면 신기하게 마음이 가벼워진

대. 꼭 구멍 난 영혼이 메워지는 기분이 든다고.

그런 곳이 어떤 곳인지 나는 이미 알고 있다. 미디어실이 내게 그런 곳이었다. 아마 한설아도 그랬을 것이다. 하지만 미디어실은 더 이상 우리에게 마음 편한 곳이 아니다. 강한봄이 그곳에 돌아오기 전까지는 그럴 수밖에 없을 것이다.

"알았어. 혹시 전화 오면 거짓말해 줄게. 그리고……."

그리고 박윤을 만날 때 나도 같이 갈게. 그렇게 말하려고 했다. 말해야만 했다. 하지만 그 짧은 문장이, 목 아래에서 꽉 막힌 듯 입 밖으로 나오지가 않았다. 혹시라도 최준석이, 내가 박윤을 만났다는 걸 알면 어떻게 나올까. 간신히 억눌러 놓았던 공포가 스멀스멀 피어올랐다.

"……그리고 박윤하고 만나기로 한 거 말이야. 너희 부모님께 말하는 게 좋지 않을까? 도움을 주실지도 몰라. 한설아, 너희 부모님 두 분 다 교수님이잖아. 분명 도와주실 거야."

―말했어.

한설아의 목소리는 덤덤했다.

―엄마한테 얼마 전에 우리 학교에 의식 불명으로 입원한 애가 있는데 학교 폭력 때문일 수도 있다고 말했어. 누가 그랬는지 내가 안다고. 걔가 그랬다는 증거를 찾아서 경찰에 신고하고 싶은데 도와줄 수 있냐고.

"뭐라고 하셨는데?"

─쓸모없는 짓 하지 말래. 귀찮은 일에 말려들지 말고, 공부나 하래. 사건 현장이 녹화된 CCTV 같은 게 있으면 모를까, 경찰이 들은 척도 안 할 거래. 그러니깐 나, 결심을 해야 해.

나도 결심을 할게. 그렇게 말했으면 좋았을 거다.

그러나 전화를 끊을 때까지 그 한마디를 하지 못했다.

×××

한설아에게 메시지가 왔다. 강릉 도착. 그 한 통뿐이다. 한설아의 어머니에게서 전화는 오지 않았다.

최준석이 학원 건물 복도에서 한 무리의 아이들과 수군거리는 것이 기분 나빴다.

한설아는 지금쯤 집에 돌아왔을 거다. 메시지를 보냈는데 답장이 없다.

왜일까, 왜 불안한 걸까.

역시 같이 갔어야 했다.

한설아가 죽었다.

오늘 아침에 담임이 그렇게 말했다.

한설아가 죽었다, 고.

나보름의 이야기
_여섯 번째

　새벽에 또 꿈을 꿨다. 영·딴·모의 꿈이다. 나와 우이재, 그리고 강한봄이 미디어실에 모여서 심각한 표정으로 무언가를 의논하고 있었다. 설아는 어디 있는 걸까 주변을 둘러봤다. 설아는 창가에 기대어 서 있었다. 설아와 눈이 마주친 순간 알았다. 아, 이건 꿈이구나. 꿈속의 설아에게 무어라 말하기도 전에 잠에서 깨어났다. 꿈에서 꿈이라는 걸 알아차리면 깨어난다더니, 진짜였던 모양이다.

　일어나니 눈가에 눈물이 고여 있었다. 세수를 하고 대청마루에 앉아 멍하니 마당을 바라보았다. 설아를 꿈에서 보면 원망할까 봐 무서웠는데, 아니었다. 그냥 반가웠다.

'……이유를 알았기 때문일지도 몰라.'

어제저녁, 우이재가 건네준 공책에 적힌 글을 읽었다. 그 안에 쓰인 건 우이재의 일기였지만, 내가 알 수 없었던 설아의 싸움에 대한 기록이기도 했다. 이제 나는 안다.

설아는 자살하지 않았다. 자살일 수가 없다.

'설아가 내게 그런 편지를 남긴 이유가 분명히 있을 거야.'

이젠 마지막 한 통만이 남았다. 나는 대청마루에서 일어나 다닝 밖으로 나갔다. 능소화가 흐드러지게 핀 담장 아래 우이재가 서 있었다. 우이재는 나를 보더니 흠칫 놀라 벽에서 등을 뗐다. 우이재의 옆에 가 섰다. 우이재가 한 발, 슬그머니 내게서 멀어졌다. 우이재가 멀어진 거리만큼 나도 한 발 옆으로 옮겨 섰다. 우이재는 또 옆으로 한 걸음 멀어졌다. 다시 쫓아가 섰다.

'얘, 대체 왜 이래? 첫날은 어색해서 그랬다지만.'

오기가 생겼다. 어떻게든 나란히 서고야 말겠다는 의지를 불태우며 우이재가 한 발 멀어지면 한 발 다가가기를 반복했다. 추격전 아닌 추격전은 우이재가 다닝의 담장 끝에 몰려 더 이상 갈 곳이 없어진 후에야 끝이 났다.

"너, 왜 그래?"

결국 나는 분통을 터뜨렸다. 우이재는 고개를 숙인 채 나를 보지 않고 말했다.

"……일기, 읽었으면 나 싫어졌을 것 같아서."

"내가 말했잖아. 나, 너 싫어하지 않을 거라고."

우이재가 고개를 들어 나를 봤다.

"너에게 실망할지는 몰라도 싫어하지는 않을 거야."

"……그게 그거 아냐?"

"달라. 실망은 엑스가 아니야. 그건 서로 더 알아 가면 플러스가 될 수 있는 거지."

능소화의 꽃 그림자가 우이재의 얼굴에 드리워졌다.

"그래, 그런 거구나."

소프트아이스크림처럼 하얀 우이재의 얼굴이 능소화의 주황처럼 선명한 색으로 물들었다. 나와 우이재는 나란히 담장에 기대어 서 기다렸다.

검은 로브 자락을 휘날리며 나타날 원하리를, 마지막 편지를.

✕✕✕

숫자가 적힌 네 장의 종이와 휴대폰이 앞에 놓였다.

원하리가 건넨 마지막 편지. 내가 받은 편지 봉투 안에는 이번에도 숫자가 적힌 종이와 폴라로이드 사진이 들어 있었다. 이번 사진에 찍힌 건 나와 설아가 어릴 적에 함께 보던 점술서였다.

"내 편지는 휴대폰 연 뒤에 열면 되는 거지?"

"그렇게 쓰여 있으니깐."

우이재가 받은 마지막 편지 봉투에는 "숫자 사용 후 열어 볼 것."이라고 쓰여 있었다. 숫자 사용이라는 건 내가 받은 숫자들을 말하는 걸 거다.

"그럼, 누른다."

우이재는 숫자 하나하나를 신중하게 입력했다. 숫자 네 개를 전부 입력하자 드디어 휴대폰 잠금이 풀렸다. 우이재는 익숙한 손놀림으로 '내 파일' 아이콘을 눌렀다.

"있어! 강한봄이 만들던 다큐멘터리 파일도 그대로 있어. 그리고 봐. 이거, 마지막 녹화 파일 제목. 보름이와 이재에게."

"녹화 날짜가 설아가 떨어진 그날 밤이야!"

"강릉에 다녀온 후에 미디어실에 들러서 녹화한 게 분명해. 그러고 나서 박윤을 만나러 간 거지. 녹화 후에 휴대폰 비밀번호를 바꾼 거고."

"빨리 열어 보자."

심장이 터질 것만 같았다. 드디어 설아가 내게 남긴 메시지를 들을 수 있다. 설아가 떨어진 그날 밤, 대체 무슨 일이 있었는지 알 수 있을 것이다.

'말해 줘. 자살이 아니었지? 싸우고 있었던 거지?'

우이재의 손끝이 파일을 클릭했다. 그러나 화면에 뜬 건, 설아의 얼굴이 아닌 패스워드 입력창뿐이었다.

"이것도 비밀번호 걸려 있어. 앱까지 다운받아서 비번을 걸어 놨는데?"

"숫자, 이거 네 개뿐인데?"

숫자가 쓰인 종이를 앞뒤로 뒤집어 봤지만 더 이상 씌어 있는 건 없었다.

"봉투! 우이재, 네가 받은 편지 확인해 봐. 숫자 사용한 후에 열어 보라고 했잖아."

우이재는 다급히 편지 봉투를 열었다.

"이건…… 부적이잖아."

편지 봉투 안에서 나온 건 부적이었다. 내가 설아에게 받은 것과 비슷한, 그림이 수놓아진 부적. 폴라로이드 사진과 부적을 번갈아 보던 내 머릿속에 섬광처럼 한 가지 생각이 스쳐 지나갔다. 나는 부리나케 내 방으로 가서 김나현이 주고 간 타로 카드 책을 들고 나왔다. 우이재가 받은 부적을 한 손에 들고 미친 듯 책장을 넘겼다. 우이재의 부적에 수놓아진 그림에는 태양과 해바라기를 배경으로, 한 아이가 흰 말을 타고 환하게 웃고 있었다.

"있다! 이거야, 19번 태양 카드."

예상대로였다. 부적에 그려진 그림과 비슷한 그림이 책 속에 있었다.

"진짜네. 어떻게 알았어?"

"이거, 내가 받았던 사진들이야."

나는 폴라로이드 사진을 쭉 늘어놓았다. 첫 번째 사진은 실과 바늘, 두 번째 사진은 엽서, 세 번째 사진은 내가 전학 가기 전 설아와 함께 찍은 사진이 들어 있는 액자를 찍은 사진, 오늘 마지막으로 받은 사진은 나와 설아가 어릴 적에 함께 보던 점술서, 그리고 우이재에게 도착한 부적.

"사진이 비밀번호를 푸는 힌트라고 하면, 가리키는 건 부적이잖아. 이전에 설아가 나한테 부적에 수놓은 그림이 타로 카드에서 따온 거라고 했어."

"근데 이거, 비밀번호 4자리 아니면 6자리야. 숫자가 부족해."

"나도 가지고 있어, 부적."

내 부적에 수놓아진 그림도 금방 찾았다. 메이저 카드의 17번, 별이었다. 1719, 1917. 양쪽 모두를 입력해 보았지만 파일은 열리지 않았다.

"6자리인 모양이야. 남은 번호 두 개는 어디서 찾지?"

"어디겠어? 딱 한 명밖에 없잖아, 그걸 알고 있을 사람."

원하리다. 원하리가 말한 '설아가 남긴 마음'이라는 게 무엇일지 짐작이 갔다. 원하리는 지금쯤 주방에서 아침 식사를 준비하고 있을 터였다. 당장이라도 원하리와 담판을 짓고 마지막 부적을 받아 오리라 결심하며 몸을 일으키려 할 때였다.

"……취약한 당신을 허용하십시오."

책을 들여다보던 우이재가 떨리는 목소리로 중얼거렸다.

"뭐야, 그게?"

"……이 책에 쓰여 있어. 내 부적에 수놓아진 그림의 뜻."

그랬다, 타로 카드에는 뜻이 있다. 나는 다시 자리에 앉아 설아가 내게 준 부적에 수놓아져 있던 스타 카드의 해설이 있는 페이지를 찾아 넘겼다.

안전과 보호.

스타 카드 아래에 적힌 해설을 읽는데 가슴이 꽉 막혔다.

"별빛과 별빛이 품고 있는 모든 치유의 가능성."

설아가 내게 엽서와 함께 부적을 주었을 때의 손의 온기가 떠올랐다. 전화로 수다를 떨다가 내가 부적에 수놓아진 게 무슨 뜻이냐고 물었을 때 설아가 했던 말도 그제야 기억났다.

―모든 게 괜찮아질 거라는 의미야.

그렇게 말하던 목소리와, 수화기 너머에서 들리던 작은 숨소리와 키득거리던 웃음소리까지 귓가에 맴돌았다.

툭. 책장 위에 떨어진 눈물이 생각의 파동처럼 번졌다.

나는 언젠가 설아의 목소리를 또 잊어버릴까. 그럼 하늘에 있는 설아도 나를, 내 목소리를 잊어버리게 될까. 그렇게 되는 것은 싫다. 그렇게 되지 않기 위해 설아에게 내 목소리를 실어다 줄 무언가를 가질 수 있다면 얼마나 좋을까.

그 순간 자수를 놓아 만들고 싶은 것이 떠올랐다.

오늘은 절대 놓칠 수 없다.

원하리가 녹색 대문 앞에 도착한 순간, 나는 두 주먹을 불끈 쥐고 숨을 들이마셨다. 매미 우는 소리가 좁은 골목 안을 요란하게 채우고 있었다. 내 목소리가 들리지 않을까 봐 있는 힘껏 외쳤다.

"저, 수놓고 싶은 거 정했어요!"

원하리가 뒤돌아봤다. 원하리의 입이 벙긋벙긋 무어라 말했지만 매미 울음소리에 집어삼켜 잘 들리지 않았다. 내가 가만히 서 있자 원하리가 나를 향해 이쪽으로 오라는 듯이 손짓을 했다. 혹시나 또 원하리를 놓칠까 봐 재빨리 손을 붙잡았다. 여름인데도 원하리의 손은 한겨울의 바람을 끌어안고 있는 듯 차가웠다. 원하리는 내게 손을 잡은 채 녹색 대문 앞을 돌았다. 언제나와 같다. 막다른 골목뿐이다.

'대체 어디로 가는 거지?'

언제나 이 골목에서 귀신처럼 사라지던 원하리의 비밀을 드디어 알게 되는 걸까. 긴장이 되어서인지 입안이 바짝바짝 말랐다. 원하리는 골목에 있는 자판기 앞에 서더니 자판기 카드 넣는 곳에 손바닥을 가져다 대었다. 그러자 고장 난 듯 까맣기만 하던 카드 투입구에 불이 들어오며 키패드가 나타났다. 원하리가 키

패드를 누르고 자판기를 밀자 자판기가 움직였다. 자판기가 열리고 짧은 발이 드리워진 방이 나타났다.

"들어와."

원하리가 자판기 안으로 들어갔다. 이 자판기가 문이었다니. 원하리를 눈앞에서 놓치고 헛걸음을 했던 날들이 떠올라 허탈해졌다. 원하리의 뒤를 따라 안으로 걸음을 옮겼다. 교실 한 칸 정도 되는 넓이의 공간이 그 안에 있었다. 한가운데에는 널찍한 테이블이 놓여 있었고, 테이블과 이동식 선반에는 자수 도구가 가득 놓여 있었다. 무늬가 화려한 목각 인형, 커다란 알파카 인형 등 이국적인 장식품이 시선을 끌었다.

그중에서도 내 눈을 사로잡은 건 벽이었다. 벽에는 커다란 자수 작품들이 걸려 있었다. 가장 큰 것은 한쪽 벽 전체를 차지한 크기였다. 한 여자가 대학교 정문 앞에 서 있었다. 여자의 양옆에는 여자의 부모님인 듯 보이는 남자와 여자가 서 있었다. 촘촘하게 수놓아진 세 사람의 얼굴은 환하게 웃고 있었다. 가운데 서 있는 여자는 아무리 봐도 원하리를 닮았다.

옆에 걸린 작품으로 시선을 옮겼다. 스케치북 크기만 한 작품에도 모두 사람이 수놓아져 있었다. 배냇저고리에 쌓인 아기, 지팡이를 짚고 있는 할머니, 교복을 입고 있는 내 또래의 아이들……. 수놓인 사람들은 다양했다. 천천히 걸음을 옮겨 맞닿은 다음 벽으로 향했다.

그곳에 설아가 있었다.

다닝의 대청마루에 앉아 수를 놓는 설아의 옆모습이 수놓아진 커다란 작품이 벽에 걸려 있었다. 전체적인 실루엣만 수놓인 상태였지만, 분명 설아였다. 원하리가 보여 줬던 폴라로이드 사진 속 설아의 모습이었다.

"이건……."

"나와 함께 수를 놨던 사람들, 그리고 그 사람들이 만나고 싶어 하던 사람들. 나와 다닝에 대해 떠도는 소문, 지금쯤이면 알지? 소문이 그저 흐르도록 놓아두는 건 그런 소문이라도 믿고 싶은 절실한 이들이 있어서야. 마음의 구멍이 메워지기를 바라는 사람, 저 세상에서 영혼을 불러와서라도 만나고 싶은 사람. 누군가 믿는 소문은 그가 가진 소원을 보여 주기도 해."

"……정말로 소원이 이루어지는 건 아니죠?"

"모르지, 수를 놓다 보면 길고 긴 운명의 실이 언젠가 소원을 이루어 줄지도."

원하리가 옆에 와 섰다.

"정했다고 했지?"

나는 고개를 끄덕이고, 주머니 안에서 강릉에 내려올 때 끊었던 버스표를 꺼냈다.

"티켓 위에 자수를 놓을 수 있나요?"

티켓 위에 별을 그렸다. 종이에 수를 놓기 위해서는 먼저 수를 놓을 모양대로 그림을 그리고, 바늘이 지나갈 자리에 미리 구멍을 뚫어 놓아야 한다고 했다.

"설아가 다닝에 온 날, 이 사람의 사진을 찍어야 한다고 생각했어."

원하리의 목소리가 티켓을 향해 고개 숙인 내 머리 위에서 리듬감 있게 울렸다.

"가끔 그런 사람들이 있어, 사진을 찍고 싶어지는 사람. 수를 놓으면서 무언가를 기도하는 사람들 말이야. 은퇴한 형사님이 온 적이 있어. 제발 꿈에 나와서 너 죽인 사람 누구인지 말 좀 해 달라고 울면서 수를 놓더라."

별 아홉 개를 모두 그렸다. 원하리는 내 앞에 색색의 실을 하나씩 늘어놓았다. 무엇이 좋은지 골라 보라는 듯이. 나는 약간의 은빛이 섞인 실을 집어 들었다.

"손을 움직이고 있으면, 거기에 집중이 되잖아. 평소에 말하면 안 되지, 하고 의식적으로 억누르고 있던 게 사라져. 게다가 사람은 누구든, 낯선 사람에게만 할 수 있는 이야기를 가지고 있거든. 낯선 장소, 낯선 상대, 낯선 행위. 그것이 모두 어우러져서 말을 토해 놓을 수 있게 하는 거야. 짧게는 하루, 길게는 한 달. 한 달을 넘기면 익숙해져서 낯설음이 주는 마법의 효과가 사라져. 그래서 다닝의 최대 숙박일이 한 달인 거야."

바늘에 실을 꿰었다. 엄지로 바늘을 받치고 얇은 실의 끝을 둥그렇게 말아 조그마한 바늘귀에 미끄러뜨려 넣었다.

"이야기를 털어놓은 사람들은 아주 잠시간, 흘러넘칠 듯 채워져 있던 것을 비워 내고 홀가분해져. 어딘가 가벼워진 걸 내가 느낄 수 있을 정도지. 하지만 설아는……."

바늘을 미리 구멍을 뚫어 놓은 자리에 넣는다. 순서가 중요하다. 가장 위에 있는 점에서 오른쪽 옆으로, 그리고 다시 왼쪽으로. 머릿속으로 별 모양을 그려 가며 구멍을 메워 간다.

"……설아는 이야기를 하러 온 게 아니었어. 부탁을 하러 왔지. 설아는 부적에 그림을 수놓으면서 많은 이야기를 하지 않았어. 자기가 해야만 하는 일이 있다고 하더군. 그러곤 나에게 부적을 맡겼어. 친구와 함께 다시 올 테니, 그때 돌려 달라고. 자신의 소원을 수놓은 부적이라고 했지. 그 소원이 무엇인지 친구와 함께 다시 찾아오면 모두 이야기할 테니 그때까지 자신의 소원을 맡아 달라고 부탁했어."

별 하나가 완성되었다.

"그때 설아가 사진을 보여 줘서 알고 있었어, 보름이 네 얼굴."

"왜 바로 부적을 주지 않은 거죠? 왜 자수를 한 점 완성하라는 말을 한 거예요?"

"첫 번째 별에서 실을 끊지 말고, 두 번째 구멍으로 바로 이어. 첫 번째 별과 두 번째 별이 선으로 이어질 수 있게."

잠시간 이야기가 끊겼다. 나는 원하리의 손이 가리키는 대로 바늘을 움직였다. 두 번째 별이 만들어지기 시작했다. 두 번째, 세 번째, 네 번째. 별과 별이 이어지는 동안 원하리는 내 질문에 답하지 않고 묵묵히 내 손이 움직이는 것을 보고 있을 뿐이었다.

마지막 별의 구멍을 메울 때에야 원하리의 입이 열렸다.

"네 눈빛이나 표정이, 스무 살 때의 나를 보는 것 같았어."

원하리의 스무 살. 원하리의 대학교 입학식 날, 입학식에 오던 부모님이 뺑소니 교통사고로 세상을 떠났다. 원하리는 자신의 입학식이 아니었다면 부모님이 죽지 않았을 것이란 죄책감과, 뺑소니범에 대한 분노로 온몸이 들끓었다.

어떻게든 뺑소니범을 잡으려 했다. 막 입학한 대학교를 휴학했다. 목격자를 찾기 위해 현상금을 걸고, 주변을 돌아다니며 전단지를 돌렸다. 그러나 아무런 제보도 들어오지 않았다. 제대로 먹을 수도 없었고 잘 수도 없었다.

그렇게 비쩍 말라 가던 어느 날, 원하리의 이모할머니가 찾아왔다. 강릉에서 자수 명인으로 유명한 그는, 원하리에게 여행을 가자고 했다.

"이 년 동안 온 세계를 돌았어. 할머니는 좀비 같은 나를 들들 볶아서 밥을 먹게 하고, 기차와 비행기 안에서 자수를 가르치고,

나를 껴안고 잤지. 움직이기도 싫었지만 어쩌겠어. 비행기에서 내려서 끌려 나가면 웬 사람들이 사막 횡단을 한다고 나를 지프차에 태우고, 또 어느 날은 갑자기 히말라야 등반을 하러 간다는데. 여행 고수들이나 갈 만한 여행지만 골라 다녔어. 인터넷이 아예 터지지 않는 곳도 많았지. 불면증은 여전했으니, 할 게 없어서 할머니가 가르쳐 준 자수를 놓게 되었지. 처음엔 그냥 시간 때우기로 하는 정도였는데, 튀르키예에서 자수 클래스를 듣고 운명을 느꼈어. 그 클래스의 선생님이 그러더라. 튀르키예에서는 결혼하는 딸의 행복을 빌면서 자수를 놓아서 준다고, 자수에는 사람의 마음이 깃든다고, 멀리 떨어져 있어도 그 사람을 생각하면서 자수를 놓으면 마음이 이어진다고.”

원하리는 그날부터 부모님을 생각하며 자수를 놓았다. 미안하다고 되뇌면서. 그러면 괜찮아, 우리 딸. 그렇게 누군가 대답해 주는 것만 같았다. 원하리는 자수를 놓다가 울었다. 울면서 함께 자수를 놓던 사람에게 자신의 절망을 이야기했다.

“그때 알았어. 그토록 뺑소니범을 잡고 싶던 건 내가 나를 용서하고 싶어서였다는 것을.”

긴 여행을 마치고 한국에 돌아오고 한 달 뒤, 뺑소니범이 잡혔다는 소식이 전해졌다. 원하리는 덤덤히 그 소식을 받아들였다. 원하리의 일상은 이미 회복된 뒤였다. 제시간에 일어났고, 자신의 손으로 식사를 차려 먹었으며, 부모님의 죽음만을 생각하지 않았다. 때때로 몰려오는 죄책감과 절망을 작은 상자에 넣어 머리 한구석에 묻고 다독일 수 있는 힘을 지니게 되었다. 그렇기에 미치지 않을 수 있었다고, 원하리는 말했다.

"할머니가 나를 끌고 다니면서 일상을 돌려주지 않았다면 뺑소니범이 잡힌 걸 알게 되었을 때 오히려 미쳤을 거야. 그 사람이 잡혀도 부모님이 돌아오지 않는다는 걸 받아들일 수 없었을 테니깐."

원하리는 벽에 걸린 가장 큰 자수 작품을 가리켰다.

"저게 입학식 날의 나야. 옆에는 부모님. 찍은 적 없던 입학식 사진을 나는 이제야 그려 넣고 있어."

마지막 별의 매듭을 지었다.

"……내가 그렇게 보였다고요?"

"맞아, 죄책감으로 가득 차 보였어. 너도, 이재도. 조금이라도 일상을 회복한 뒤에 부적을 주자 싶었어. 무언가 수놓고 싶은 걸 떠올리는 거, 의외로 어려운 일이야. 죄책감에 사로잡힌 상태에선 더 그래. 주변이 안 보이거든. 앞만 보고 달리는 말처럼 오직 절망만 보게 되지. 네가 무엇을 수놓고 싶은지 찾아냈다는 건, 적어도 절망이 아닌 옆에 놓인 다른 무언가를 볼 수 있게 되었단 증거야."

티켓에 아홉 개의 별이 떠올랐다. 내가 수놓은 것은 염소자리, 설아의 별자리다. 원하리는 내가 완성한 티켓을 보더니 작업대의 서랍에서 까만 봉투를 꺼내 내게 건넸다.

"물건을 태우면 죽은 사람에게 그 물건이 간다고 해."

나는 봉투를 받아들었다. 잠시간의 침묵이 내려앉았다. 원하리는 한숨을 내쉬고는 다시 서랍을 열었다.

"하나만 약속해."

"뭘요?"

"지금 하려는 일, 나는 뭔지 확실히 몰라. 예측할 뿐이지. 하지만 그 일이 끝나면 다닝에 다시 한번 와. 언제가 되든 좋아. 다닝은 계속 여기 있을 테니깐 와서 이야기를 들려줘."

나는 원하리가 건네주는 것을 받아 들며 힘차게 고개를 끄덕거렸다.

"물론이에요."

"내가 기다린다는 걸 절대 잊지 마."

내 손바닥 위에 부적이 놓였다. 설아가 남긴 마지막 열쇠다. 나는 재빨리 원하리의 작업실을 나왔다. 한시라도 빨리 다닝에 돌아가 부적에 수놓인 그림이 뭔지 알아내고 싶었다.

'……어쩌면 원하리는 설아에게 일어난 일을 알고 있는 걸까?'

다닝에 도착했을 때에야 퍼뜩 그런 생각이 들었다. 그렇지 않다면 검은 봉투를 주며 그런 말을 했을 리가 없다. 돌아오겠다고 약속했던 아이의 죽음, 그것은 원하리에게 어떠한 형태로 다가왔을까. 마당으로 들어서던 발걸음이 일순 느려졌다. 나는 죽음을 맞이한 스무 살의 원하리를 생각했고, 열여섯 살의 나를 생각했고, 동시에 지금을 맞이한 나와 원하리를 생각했다. 내가 느끼고 있던 죄책감이 원하리의 어깨에도 덩그마니 놓여 있었음을 그제야 알았다.

"어떻게 됐어?"

우이재의 목소리에 퍼뜩 정신이 들었다. 나는 다시 빠른 걸음으로 대청마루로 다가갔다.

"받아 왔어, 봐."

나는 손에 들린 부적을 내보였다. 부적에는 뫼비우스 띠 모양의 장식이 달린 타원의 월계수 잎과 손에 기다란 막대를 든 여자가 수놓여 있었다. 나와 우이재는 나란히 앉아 타로 카드 책을 펼쳤다.

"있다! 봐, 21번 카드, 더 월드. 그림이 완전 똑같지는 않지만 핵심적인 건 일치해."

"맞네, 월계수 잎에 막대, 그리고 여자."

설아가 마지막으로 남긴 부적, 그 안에 담은 소원.

나는 깊게 숨을 들이마시고 그림 아래 쓰인 글을 읽었다.

"메이저 카드는 '바보 카드'의 여행에 대한 이야기입니다. 바보지만, 그는 영웅입니다. 16번 카드까지는 바보가 위기를 겪는 내용이지만, 17번 별 카드부터는 바보가 위기를 극복하고 희망을 찾는 과정입니다. 21번 카드는 '세계'로, 여정의 마무리를 뜻합니다. 그렇기에 21번 카드의 의미는 성공과 행복, 주변 세계의 완벽한 통합입니다."

부적을 쥔 손에 힘이 들어갔다.

성공과 행복, 여정의 마무리.

'행복한 끝을 바랐구나, 설아야. 그런 네가 자살이라고? 웃기지 말라고 해.'

별빛과 별빛이 품고 있는 모든 치유의 가능성을 믿으십시오, 나의 17번 스타 카드.

취약한 당신을 허용하십시오, 우이재의 19번 태양 카드.

여정을 마무리하십시오, 설아의 21번 월드 카드.

6자리의 숫자. 과연 이게 비밀번호일까. 나와 우이재는 긴장한 표정으로 서로를 바라보았다. 우이재가 내 손을 살며시 잡아 휴대폰 액정 위에 겹쳤다.

"네가 눌러, 나보름."

별과 별이 이어져 하나의 별자리를 만드는 것처럼 누군가 용기 내어 꺼낸 비밀은 다른 누군가에게, 또 다른 누군가에게 연결되어 더 이상 비밀이 아니게 된다. 그것은 진실을 밝힐 작은 별 조각이 될 것이다.

6자리 숫자를 누르는 손가락 끝에 힘이 들어갔다.

우이재의 일기
_여섯 번째

이건 다닝에 도착해서 쓰는 처음이자 마지막 일기다.

또다시 일기를 쓰게 될 줄은 몰랐다. 자수를 놓게 될 줄은 더더욱 몰랐다. 지금 내 눈앞에 있는 건 팔찌다. 자수를 놓은 천을 매듭 팔찌에 연결된 프레임 캡에 씌워서 만들었다. 매듭 팔찌니 프레임 캡이니, 처음에 원하리의 설명을 들을 때엔 통 이해가 되지 않았다.

스티치 이름은 흡사 외계어처럼 느껴졌다. 바늘에 실을 꿰는 것도 잘되지 않았다. 원하리는 기다란 실을 반으로 접어 바늘귀를 엄지와 검지로 잡고는 능숙하게 실을 꿰어 보였다. 이쯤이야, 하고 따라 했지만 실은 바늘귀 옆으로 미끄러졌다.

바늘을 눈앞에 바짝 가져와 보아도 눈앞이 매직아이처럼 흐려질 뿐, 실은 좀처럼 바늘귀를 통과하지 못했다. 한참이나 바늘귀를 붙잡고 씨름하고 있는 내게 원하리가 말했다. 견디면 언젠가는 지금을 통과할 거야, 라고.

원하리는 무언가를 알고 있는 걸까?

한설아의 죽음을 전해 듣고 미친 듯이 미디어실로 달려갔었다. 휴대폰을 챙겨야 한다는 생각이 먼저 떠올랐던 건 애초에 믿을 수가 없어서였다. 한설아가 자살이라니. 강한봄의 어머니와 담임이 옥신각신 다투던 것이 떠올랐다. 학교도 최준석 편이라던 박윤의 말도. 휴대폰을 챙기자마자 박윤의 반으로 달려갔다.

"박윤, 너 어젯밤에 무슨 짓 했어!"

교실로 뛰어 들어가 박윤의 멱살을 잡았다. 박윤은 당황하며 내 어깨를 붙잡고 나를 떼어 내려 했다. 곧 나와 박윤은 한 덩어리가 되어 교실 바닥에 쓰러졌다.

"몰라! 나, 난 아무것도 안 했어!"

박윤이 소리를 질렀다. 한참이나 박윤과 몸싸움을 하는데, 누군가 내 뒷덜미를 낚아채 박윤에게서 떼어 냈다. 최준석이었다.

"우이재, 내 말 못 알아들었냐? 어느 쪽에 붙을지 생각 잘해."

최준석이 내 귓가에 속삭였다. 집 앞에서 만났을 때와 다르게 겁이 나지 않았다. 주먹을 불끈 쥐고 몸에 힘을 줬다. 몸을 밀어 올려 최준석의 턱에 박치기를 했다. 최준석이 억, 소리를 내며 턱을 감싸 쥐었다.

"우이재, 너 두고 봐!"

소리치는 최준석을 뒤로 하고 빠른 걸음으로 교실을 나왔다. 가방을 챙기거나 할 정신도 없이 뛰어서 학교를 빠져나왔다. 어디로 갈지 떠오르는 곳은 없었지만 무작정 달렸다.

나 때문이다.

내가 한설아를 혼자 보냈기 때문에 이런 일이 벌어진 거다.

죄책감이, 깊은 땅속으로 나를 끌고 들어가는 것만 같았다. 달리면서 울었다. 숨이 차서 달리기를 멈추고 제자리에 쪼그려 앉아 엉엉 울었다. 그날부터 어두운 지하를 헤매는 듯한 날이 이어졌다.

한설아의 장례식장을 다녀온 후 방에 틀어박혔다. 아버지는 대체 왜 이러는 거냐고 소리를 지르다가, 나중에는 뭐든 원하는 걸 들어줄 테니 정신을 차리라고 애원했다. 고작 며칠 방에 틀어박힌 것 정도로 저런 말을 들을 줄 알았다면 진즉에 억지를 부려볼 걸 그랬다고 또다시 후회했다. 아버지의 비겁함은 내가 아무것도 하지 않은 것의 핑계가 될 수 없었다.

그래서였다. 한설아의 메일을 받고 강릉에 가기로 결심한 건.

다닝에 도착해서 나보름을 만났다. 문 앞에서 마주친 순간 나보름이라는 걸 알았다. 그리고 직감했다. '이곳에서 무언가 바뀔 것이다.' 나보름과 함께라면 그럴 수 있을 것만 같았다. 한설아가 남긴 마지막 동영상을 보는 동안, 꽉 맞잡고 있던 손의 온기가, 나를 땅 아래에서 끌어올렸다.

한설아의 말대로 다닝은 신기한 가게다. 이곳에 오기 전까지는 눈을 뜨고 있는 내내 최준석에 대한 분노와 한설아에 대한 죄책감만이 머릿속에 가득했다. 화가 났다가 눈물이 나서 밥을 먹기도 힘들었다. 머릿속에 짙은 안개가 낀 듯했다. 하지만 다닝에서 세 끼 밥을 먹고, 마음속 이야기를 털어놓는 동안 안개가 걷혔다. 김나현을 돕는 동안에는 잠시나마 최준석과 관련된 사건은 모두 잊어버릴 수도 있었다.

원하리는 말했다. 다닝에서 수를 놓는 건 마음속의 구멍을 메워 가는 거라고. 처음엔 그게 무슨 말인지 몰랐는데 지내다 보니 알 것 같다.

마음속 구멍을 메우는 건 일상을 회복해 나가는 것이다. 다시 싸울 수 있는 에너지를 몸 안에 차곡차곡 쌓아 올리는 일이다.

이젠 마지막 한 땀을 수놓으면 팔찌는 완성이다.

내일이면, 다닝을 떠난다.

설아가 남긴 동영상

이걸 보고 있다는 건 편지를 받았다는 뜻이겠지? 내가 남긴 수수께끼도 다 풀었을 거고. 무엇보다 나보름과 우이재, 너희 둘이 만났다는 뜻일 거야.

하고 싶은 말이 아주 많아. 그런데 시간이 별로 없어. 지금이 저녁 8시인데, 9시에 박윤을 만나기로 했거든. 박윤이 강한봄의 사건에 대한 증언을 녹음해 주기로 했어. 이 약속은 박윤이 내게 찾아와서 제안해서 메일 같은 게 남아 있지는 않아.

나와 박윤이 그 약속을 한 건 박윤이 다니는 K학원 앞 편의점이었어. 박윤을 만난 후에 편의점 계산대에 서 있던 언니에게 나랑 박윤이 만나는 거 봤냐고 물어봤어. 언니는 봤다고 했고. 그러니깐 그 언니가 증언해 줄 거야. 그리고 그 주변을 잘 살펴보면 CCTV도 있지 않을까?

박윤과 만났던 건 오후 5시쯤이야. 그리고 지금 박윤을 만나러 가는 곳은 학교 근처의 M아파트야. 들어갈 때 출입 확인을 받아야 하는 시스템인데 1802호 손님이라고 말하고 들어오라고 했어. 거기가 누구의 집이든, 거기 사는 사람은 앞으로 일어날 사건과 무관하지 않단 뜻이겠지.

사건. 그래, 내가 이걸 녹음하는 이유는 내가 박윤을 믿지 않기 때문이야. 박윤을 무사히 만나고 돌아오면 좋겠지만, 그렇지 않을 수도 있다고 생각해.

한참을 고민했어. 박윤을 만날지 말지. 박윤을 만나지 않으면 강한봄 사건의 증거를 모을 수 있는 가능성이 완전히 사라져. 하지만 만나면…… 나도 강한봄처럼 될지도 몰라. 그 의심을 도저히 떨칠 수가 없어서 무서워.

그래서 강릉에 다녀왔어.

우이재, 내가 말했던 가게 있잖아. 거기에 내가 편지를 남겨두고 왔어. 그곳에 찾아가면 퀴즈를 풀게 될 거야. 너 혼자서는 풀 수 없는 퀴즈. 네가 그걸 풀 일이 없기를 바라. 네가 그 편지를 받는다는 건 내게 안 좋은 일이 생겼단 의미거든.

나흘 후에 너와 나보름에게 예약 메일이 발송되도록 미리 메일을 쓰고 왔어. 나와 보름이가 여행을 가기로 한 날이지. 박윤을 만난 후에 무사히 집에 돌아가면 발송 취소를 누를 거야. 그러면 아무 일도 일어나지 않아.

하지만 그 메일이 발송되면 말이야, 혹시 너희 둘 다 내 메일에 적힌 대로 강릉에 가게 된다면 퀴즈를 다 풀어서 이걸 보게 된다면 꼭 알아줘.

나는 절대 자살하지 않아.

그리고 너희가 어떤 선택을 하든지, 혼자가 아니었으면 해.

그게 내가 두 사람이 함께 있지 않으면 퀴즈를 풀 수 없게 해둔 이유야.

이젠 진짜 시간이 없어. 이제부터는 휴대폰의 비밀번호를 바꾸고, 이 파일도 잠글 거야. 내가 무사히 돌아와서 이 영상을 지우기를 기도해 줘.

에필로그

다닝 마당에 작은 모닥불이 피어올랐다.

"마당에서 뭐 태우는 거 원래는 불법이야. 하지만 오늘은 허가 받았으니 뭐든 태워도 돼."

말과는 다르게 원하리는 장작 하나를 화로 안에 더 집어넣었다. 기운 없이 너울거리던 불꽃의 기세가 되살아났다.

"환송회라니, 너무 거창한 거 아니에요?"

대청마루의 벽에 붙은 에이포 용지에는 '나보름·우이재 환송회'라고 쓰여 있었다. 내일이면 방학이 끝나서 집에 돌아가는 것뿐인데 환송회라니, 역시 거창하다. 원하리는 손을 털며 몸을 일으켰다.

"환송회는 좋은 일로 떠나는 사람을 기쁘게 떠나보낸다는 뜻이야. 다닝을 떠나는 게 좋은 일이 되기를 바라는 마음을 담은 거니, 받아들여."

원하리는 그렇게 말하고는 집 안으로 사라졌다.

설아가 남긴 마지막 파일을 확인하고 일주일. 원하리의 작업실에 걸린 설아의 모습을 수놓은 작품은 이제 거의 완성되었다. 작품 속 마당을 바라보는 설아의 눈빛이 뚜렷해질수록 영혼에 뚫린 구멍이 메워져 갔다. 한 땀씩, 바늘을 움직일 때마다 마음을 다잡았다.

말을 하자고.

말을 한다. 단순한 행위지만 너무나 많은 용기를 필요로 하는 일이다. 나의 외침이 무대 위의 방백이 될 수 있음을 너무나 잘 아니깐 때로는 입을 다물어 버리는 게 훨씬 편하다.

그렇지만 말을 한다.

설아의 싸움을 이어받기 위해 말할 것이다.

모닥불 위로 검은 봉투가 떨어졌다. 별이 수놓아진 티켓이 든 봉투다.

"나보름, 뭐 해?"

"내 목소리를 보내고 있어."

한순간 치솟아 오른 화로의 불길이 봉투를 태우기 시작했다. 나란히 선 두 사람의 그림자가 불길과 함께 너울거렸다.

"나보름, 너 정말로 그 파일 폭로할 거야?"

"응, 소용돌이에 휩싸일지도 모르지만."

불길을 바라보던 시선이 서로를 향했다.

"간신히 완성했어. 이거, 너한테 줄게."

파도 위에 눈꽃 무늬가 수놓인 펜던트가 달린 팔찌가 손에서 손으로 전해졌다.

"이거, 혹시 설아가 만들었다던 우정 팔찌……?"

"맞아, 그거랑 최대한 비슷하게 만들었어. 한설아 건 네가 가지고 있어. 이건 내가 가지고 있을게."

들어 보인 팔목에는 동그란 달이 수놓아진 팔찌가 자리 잡고 있었다.

"나도 같이 휩싸일게. 소용돌이가 끝나기 전까지 나누어 가지고 있자."

팔찌에 수놓인 수는 울퉁불퉁 서툴렀다. 눈가가 시큰해진 건 모닥불에서 피어오른 연기 때문일 것이다. 다시 모닥불을 바라보니, 티켓은 흔적도 남지 않고 사라진 뒤였다. 기세를 잃은 불꽃 속에는 소복한 재가 남았다.

우리의 열여섯 살. 이 시간도 어딘가에 수놓여서 남으면 좋겠다.

고개를 들어 하늘을 봤다. 티켓을 태운 연기가 은하를 가로지르듯 사라졌다.

일상의 회복을 기다리면서

여러분은 상실을 경험한 적이 있나요? 사람은 살면서 수많은 상실을 경험하게 됩니다. 그것은 반려동물, 혹은 가까운 누군가와의 이별일 수 있습니다. 또는 부모님의 이혼이나 친구의 전학 등 관계의 변화일 수도 있습니다.

상실은 반드시 슬픈 일만은 아닙니다. 무언가를 떠나보내는 것은 삶의 주기에 있어 거쳐야 하는 통과 의례이기도 합니다. 영화 〈인사이드 아웃(Inside Out)〉의 주인공 라일리가 빙봉을 떠나보냈듯이, 어린아이들은 상상 속 친구와의 이별을 통해 한 걸음 더 성장하기도 합니다.

그러나 예기치 않은 상실은 사람의 영혼에 큰 상처를 남깁니다. 처음으로 상실을 경험했을 때, 많은 사람들은 그 상처를 어떻게 다루어야 할지 몰라서 헤매게 됩니다. 이렇게 되면 상실은 그 자체로 트라우마가 되어 삶의 중요한 순간마다 성장을 방해하게 됩니다.

이 소설은 그러한 상처를 더듬어 확인하고 조금씩 치료해 나가는 이야기입니다. 트라우마를 극복해 나가려고 발버둥치는 십대 청소년의 이야기지요. 또한 인물들이 겪는 상실의 원인이 폭력이기에, 폭력에 맞설 용기에 대한 이야기이기도 합니다.

주인공인 보름이는 어릴 적부터 편견에 맞서 계속해서 싸워온 아이입니다. 보름이가 편견이란 이름의 폭력에 주저앉지 않을 수 있었던 건, 주변 사람들의 지지가 있었기 때문입니다. 부모님과 친구인 설아, 그리고 폭력의 방관자였다가 점차 보름이의 편이 되어 준 같은 반 친구들 등이 그들입니다.

폭력에 홀로 맞서는 것은 대단히 어려운 일입니다. 육체적, 혹은 정신적 폭력의 피해는 단순히 피해를 당할 때의 아픔에 국한되지 않습니다. 작품 중에도 언급되었지만, 타인에 대한 신뢰를 약하게 만드는 것이 폭력의 큰 피해 중 하나입니다. 이것은 학교폭력 사건에서 청소년들이 기관이나 어른들에게 도움을 청하지 않는 이유 중 하나이기도 합니다. 그리고 이러한 신뢰의 약화는, 평소에 겪은 거절의 경험이 많을 경우 더욱 가속화됩니다.

누구든 주변의 누군가 폭력을 겪고 있다고 하면 쉽게 말합니다. 도움을 청하라고. 하지만 곰곰이 생각해 보세요. 누군가 도움을 청했을 때, 나는 쉽게 손을 내밀었는지, 타인의 고통을 진지하게 받아들였는지 말입니다.

　도움을 청하지 못하는 피해자를 탓하는 사람들은 과연 누군가를 도와준 적 있을까요? 피해자를 탓하는 것 역시 폭력임을 인지하지 못하는 사람들의 모습에 가끔 씁쓸해지곤 합니다.

　이 소설이 누군가에게는 상처에 바르는 약이 될 수 있기를 바랍니다.

　마지막으로 이 책이 나오기까지 힘써 주신 모든 분들에게 감사합니다. 다른 날, 다른 이야기로 다시 만날 수 있기를 희망해 봅니다.

봄을 기다리며

범유진

친구가 죽었습니다

첫판 1쇄 펴낸날 2023년 3월 6일
5쇄 펴낸날 2024년 4월 22일

지은이 범유진
발행인 김혜경 **편집인** 김수진
주니어 본부장 박창희
편집 박진홍 정예림 강민영
디자인 전윤정 김혜은
마케팅 최창호 **홍보** 김인진
경영지원국 안정숙
회계 임옥희 양여진 김주연

펴낸곳 (주)도서출판 푸른숲
출판등록 2003년 12월 17일 제2003-000032호
주소 경기도 파주시 심학산로 10, 우편번호 10881
전화 031) 955-9010 **팩스** 031) 955-9009
인스타그램 @psoopjr **이메일** psoopjr@prunsoop.co.kr
홈페이지 www.prunsoop.co.kr

ⓒ 범유진, 2023
ISBN 979-11-5675-369-8 44810
978-89-7184-419-9 (세트)